Confesiones junto al lago

James Patterson

Confesiones junto al lago

Traducción de
Luz Freire

A *Editorial El Ateneo*

Patterson, James
    Confesiones junto al lago. - 1º ed. Buenos Aires: El Ateneo, 2005.
    260 p.; 22 x 14 cm.

    Traducción de Luz Freire

    ISBN 950-02-7475-2

    1. Narrativa Estadounidense. I. Freire, Luz, trad. II. Título
    CDD 813

Diseño de cubierta: Departamento de Arte de
                      Editorial El Ateneo

Diseño de interiores: Lucila Schonfeld

Título original: Sam's letters to Jennifer
© 2004 by James Patterson

Primera edición de Editorial El Ateneo
© Grupo ILHSA S.A., 2005
Patagones 2463 - (C1282ACA) Buenos Aires - Argentina
Tel.: (54 11) 4943 8200 - Fax: (54 11) 4308 4199
E-mail: editorial@elateneo.com

IMPRESO EN LA ARGENTINA

Mi especial agradecimiento a Florence Kelleher, que encontró lo *poco* que aún no sabía acerca de Lago Geneva, Wisconsin. Y a Lynn Colomello. Y, sobre todo, a Maxine Pietro, amiga y confidente, que me ayudó a dar forma y apreciar las cartas desde el principio, casi hasta el final.

Prólogo

Como siempre

Sam y yo estamos en una playa casi desierta en el lago Michigan, al norte del Hotel Drake, en Chicago. Ambas tenemos buenos recuerdos del Drake, y hace no mucho cenamos en nuestra mesa preferida. Necesito estar al lado de Sam esta noche, porque hace un año desde que, bueno, sucedió lo que no debía suceder: hace un año que murió Danny.

—Este el lugar donde conocí a Danny, Sam. En mayo, hace seis años —dije.

Sam escucha siempre con atención y mira directo a los ojos de una manera muy bella; casi siempre está interesada en lo que le digo, incluso cuando le cuento cosas aburridas, como ahora. Hemos sido grandes amigas desde que yo tenía dos años, quizás antes. Todo el mundo nos llama "la dulce pareja", lo cual es demasiado empalagoso para nuestro gusto, pero es cierto.

—Sam, hacía un frío terrible la noche en que Danny y yo nos conocimos, y yo tenía un resfrío espantoso. Para colmo de males, mi novio de entonces, Chris, me había echado del departamento, ese imbécil.

—Ese animal sin nombre, ese cretino —intervino Sam—. Nunca me gustó Chris. Supongo que te diste cuenta.

—Así que este agradable muchacho, Danny, estaba trotando y pasó a mi lado. Me preguntó si me encontraba bien. Yo tosía, lloraba; estaba hecha un desastre. Y le dije, "¿Te parece que estoy bien? No te metas en lo que no te importa. No me vas conquistar, si eso es lo que crees. ¡Largo de aquí!" —me reí al estilo de Sam.

Así fue como me quedó el apodo, "Largo". De todos modos, Danny se me acercó cuando iba por la segunda vuelta de su recorrido. Dijo que me había oído toser a dos kilómetros de distancia, desde la playa. Me trajo un café. Corrió a través de la playa con una taza de café caliente para dármela, a mí, a una perfecta desconocida.

—Sí, pero una desconocida muy atractiva, tienes que reconocerlo.

Me callé y Sam me abrazó.

—Has pasado por muchas cosas. Es terrible y es injusto. Cómo me gustaría tener una varita mágica para hacerte feliz —me dijo.

Saqué del bolsillo de mis jeans un sobre arrugado y doblado en dos.

—Danny me dejó esto. En Hawai. Hace un año, un día como hoy.

—Vamos, Jennifer. Desahógate. Esta noche quiero enterarme de todo.

Abrí la carta y empecé a leerla. Casi no podía respirar.

Querida, maravillosa, increíble Jennifer…

Tú eres la escritora, no yo, pero tuve que intentar poner por escrito lo que sentí cuando me enteré de la increíble noticia. Nunca pensé que pudieras hacerme más feliz de lo que ya era, pero me equivoqué.

Jen, estoy en tal estado de éxtasis que apenas puedo creer lo que siento. Soy, sin lugar a dudas, el hombre más afortunado de la tierra. Me casé con la mejor de todas las mujeres, y ahora tendré con ella el mejor de todos los hijos. ¿Cómo no voy a ser un buen padre? Lo seré. Te lo prometo.

Te amo mucho más de lo que te amaba, y nunca podrás imaginarte cuánto te amaba ya.

Te quiero con toda el alma, y a nuestro pequeño "Pulgarcito"...

Danny

Me empezaron a rodar las lágrimas por las mejillas.

—Soy una tonta —dije—. Soy patética.

—No, tú eres una de las mujeres más fuertes que he conocido. Has perdido mucho y todavía sigues peleando.

—Sí, pero estoy perdiendo la batalla. Estoy perdiendo. Y de la peor manera, Sam.

Sam me atrajo hacia sí y me abrazó, y en ese instante, al menos, todo estaba bien, como siempre.

I

Las cartas

1

Mi departamento de dos ambientes se encontraba en un edificio construido antes de la guerra. Tanto a Danny como a mí nos gustaba todo lo que ofrecía: la vista de la ciudad, lo cerca que quedaba de la auténtica Chicago, y el modo en que lo habíamos amueblado. Empecé a pasar cada vez más tiempo en casa, "encerrada en mi refugio", como decían mis amigos íntimos. También me decían que estaba "casada con mi trabajo", que era una "loca de remate", una "adicta al trabajo", "la joven solterona", y una "discapacitada" en lo que se refería al amor, para mencionar sólo algunas de sus burlas más notables. Por desgracia, todas eran ciertas, y yo misma podría haber añadido algunas más.

Trataba de no pensar en lo que había pasado, pero era difícil. En los meses que siguieron a la muerte de Danny estaba obsesionada con una idea terrible: *No puedo vivir sin ti, Danny.*

Pasado un año y medio, todavía evitaba pensar en el accidente y en todo lo que sucedió después.

En ese entonces, por fin, comencé a salir: con Teddy, un sobrio editorialista del *Tribune*; con Mike, adicto al deporte, a quien conocí en un partido de béisbol; y con Corey, una cita a ciegas de terror. Odiaba salir, pero, tenía que seguir adelante, ¿verdad? Tenía un montón de buenos amigos: parejas, mujeres solteras, dos o tres hombres que eran sólo amigos. De veras. Lo juro. Le dije a todo el mundo que me estaba yendo bien, lo que era una mentira total, y mis amigos lo sabían.

Mis mejores amigos de toda la vida, Kylie y Danny Borislow, me apoyaron en todo momento; yo los quería, y les debo mucho a ambos.

Bueno, un día me quedaban sólo tres horas para terminar esa increíble e impresionante columna del *Tribune*, y me encontraba en un aprieto. Ya había tirado tres ideas a la papelera de reciclaje y, una vez más, me encontraba delante de la pantalla en blanco. Lo difícil de escribir una columna "ingeniosa" para un diario es que, entre Mark Twain, Oscar Wilde y Dorothy Parker, todo lo que vale la pena decir ya fue dicho, y mucho mejor de lo que yo podría decirlo.

Así que me levanté del sofá, puse un disco de Ella Fitzgerald y encendí el aire acondicionado al máximo. Tomé un sorbo de café de mi vaso de cartón descartable. Ah, cómo lo disfruté. Siempre se puede confiar en las cosas pequeñas.

Luego caminé por la sala con mi ropa de escritora: un suéter de Danny, de la Universidad de Michigan, y mis medias rojas de la suerte, las que uso para escribir. Corrí a encender un cigarrillo Newport Light, el último de una serie de malos hábitos que había adquirido no hacía mucho. Mike Royko me dijo una vez que uno es tan bueno como su última columna, y esa verdad es la que siempre me persigue. Bueno, eso y mi editora anoréxica de 29 años, Debbie, ex reportera de un tabloide londinense, toda ella vestida de Versace y Prada, con anteojos de Morgenthal Frederic.

En realidad, me importa de veras escribir mi columna. Me esfuerzo mucho por ser original, lograr que las palabras suenen bien, y entregarla a tiempo, sin falta.

Por eso no contesté el teléfono, que sonó todo el día. Sin embargo, le *dirigí* unos cuantos insultos un par de veces.

Es difícil hacer algo interesante y nuevo tres veces por semana, cincuenta semanas al año; pero, por supuesto, el *Tribune* me paga por hacerlo. Y, en mi caso, mi trabajo es prácticamente mi vida.

Es curioso, pues, que tantos lectores me escriban para decirme que mi vida es glamorosa y que les gustaría estar en mi lugar. Un momento: ¿esa fue una idea?

El ruido que oí detrás de mí lo había hecho Sox, mi gata atigrada de un año, que acababa de arrojar un ejemplar de El *diablo en la ciudad blanca* del estante. El golpe sobresaltó a Euphoria, que dormitaba sobre la mismísima máquina de escribir en la que, según dicen, F. Scott Fitzgerald había escrito *Suave es la noche*, o algo por el estilo. ¿O quizá fue Zelda quien la usó para escribir El *último vals*?

Y cuando el teléfono volvió a sonar, lo levanté.

Cuando me di cuenta de quién estaba al otro lado de la línea, un escalofrío me recorrió el cuerpo. Recordé una vieja foto del clérigo John Farley, un amigo de la familia del Lago Geneva, en Wisconsin. La voz le tembló al pastor cuando me saludó, y tuve la extraña sensación de que estaba llorando.

—Se trata de Sam —me dijo.

2

Sujeté fuerte el auricular con las dos manos.

—¿Qué pasa?

Lo oí tomar aire antes de hablar.

—No sé cómo decírtelo, Jennifer. Tu abuela ha sufrido un ataque —dijo—. No se ve bien.

—¡Ay, no! —exclamé, y mi mente voló hasta Lago Geneva, un balneario al norte de Chicago. Cuando era niña, solía veranear en aquel lugar, junto al lago del mismo nombre; allí fue donde pasé muchos de los momentos más felices de mi vida.

—Estaba sola en la casa, así que nadie sabe qué fue lo que sucedió en realidad —continuó—. Sólo que está en coma. ¿Puedes venir al lago, Jennifer?

La noticia me afectó muchísimo. Acababa de hablar con ella no hacía ni dos días. Bromeamos acerca de mi vida sentimental y me amenazó con enviarme una caja de hombres de plástico con formas anatómicas reconocibles. Sam tiene un gran sentido del humor, siempre fue así.

Me cambié y, en menos de cinco minutos, metí algo de ropa en un bolso de lona. Me tomó un poco más de tiempo poder atrapar a Euphoria y a Sox y meterlas en sus jaulas. Así iniciamos nuestro inesperado viaje.

Partí como un bólido en mi viejo automóvil por la calle Addison hacia la autopista I-94 Norte. El Jaguar Vanden Plas de 1996 es un sedán azul oscuro que fue nuestro orgullo, el de Danny y mío. Es un automóvil precioso con un detalle peculiar; tiene dos tanques de combustible. Trataba de pensar en cualquier cosa, *menos* en Sam. Mi abuela era lo único que me quedaba, mi única familia.

Sam se convirtió en mi mejor amiga después de la muerte de mi madre, cuando yo tenía doce años. Ella y mi abuelo Charles hacían una pareja envidiable, y tanto yo como todos los demás queríamos tener lo mismo que ellos, fuera lo que fuera. Mi abuelo no resultaba una persona fácil de conocer, pero una vez que atravesabas la barrera, era una gran persona. Danny y yo brindamos y cenamos con ellos en el banquete de sus bodas de oro en el Hotel Drake. Doscientos amigos se pusieron de pie para aplaudirlos cuando mi abuelo de 71 años inclinó a Sam tomándola de la cintura y la besó apasionadamente en la pista de baile.

Cuando el abuelo Charles dejó de ejercer la abogacía, Sam y él solían quedarse más tiempo en el pueblo de Lago Geneva que en Chicago. Poco después, apenas si recibían algunas visitas. Después de la muerte de mi abuelo hace cuatro años, las visitas se redujeron del todo, y ella se mudó en forma definitiva al lago. Cuando eso ocurrió, la gente decía que Sam iba a morirse pronto.

Pero no se murió. Había estado muy bien… hasta ahora.

A las ocho y cuarto tomé la autopista, luego la ruta 12, un camino de dos carriles que rodea Lago Geneva, "el mejor lugar del mundo". Cinco kilómetros después, estaba a pocos minutos del Centro Médico de Lakeland. Traté de prepararme.

—Ya estamos cerca, Sam —susurré.

3

Las cosas realmente malas ocurren tres veces seguidas, pensaba cuando llegué al Centro Médico de Lakeland. *No insistas con eso, Jennifer.*

Bajé del auto y me dirigí a la entrada principal. Recordé que muchos años antes había estado allí para que me sacaran un anzuelo clavado encima de la ceja. Entonces tenía siete años, y fue Sam quien me trajo.

Una vez adentro, traté de orientarme, mientras pasaba delante de la unidad de cuidados intensivos, en forma de herradura, rodeada de habitaciones de pacientes a los tres lados. La enfermera jefe, una mujer delgada de unos 40 años, con anteojos de armazón rosado, me señaló la habitación de mi abuela.

—Nos alegramos de que haya venido —saludó—. A propósito, me gusta mucho su columna. A todos nosotros.

—Gracias —dije y sonreí—. Es muy amable. Me halaga saberlo.

Caminé rápido por el pasillo hasta la habitación de Sam. Empujé la puerta y entré.

—Ay, Sam —susurré en cuanto la vi—. ¿Qué te ha pasado?

Era terrible ver las cánulas en sus brazos y oír las señales continuas que emitían los equipos médicos. Pero al menos Sam estaba viva, a pesar de que se la veía débil y pálida, tan frágil como un sueño.

—Soy Jennifer —murmuré—. Ya llegué. Aquí estoy, a tu lado —le tomé la mano—. Sé que puedes oírme. Así que voy a empezar a hablar. Y voy a seguir hablando hasta que abras los ojos.

Unos minutos después, oí que se abría la puerta detrás de mí. Al darme vuelta, vi al reverendo John Farley. Llevaba sus abundantes cabellos blancos peinados hacia un lado y tenía una sonrisa temblorosa en el rostro. Aún era un hombre atractivo, a pesar de su espalda encorvada.

—Hola, Jennifer —dijo en un susurro, y me saludó con un cálido abrazo.

Salimos al pasillo y de pronto recordé que había sido un gran amigo de mis abuelos.

—Me alegra verte. ¿Qué sabes sobre Sam? —pregunté.

Hizo un gesto con la cabeza.

—Bueno, no ha abierto los ojos, y eso no es una buena señal, Jennifer. Estoy seguro de que el doctor Weisberg podrá darte más información mañana. He estado aquí la mayor parte del día, desde que me enteré de lo que pasó.

En ese momento, me entregó una llave.

—Esto es para ti. De la casa de tu abuela.

Volvió a abrazarme, mientras me susurraba que tenía que dormir un poco si no quería terminar como paciente él también. Entonces se fue y yo regresé a la habitación de Sam. Aún no podía creer lo que había ocurrido.

Sam había sido tan fuerte toda su vida. Casi nunca se enfermaba y siempre era la persona que cuidaba a todos los demás, en especial a mí. Me quedé sentada largo rato, sólo oyéndola respirar y admirando la belleza de su rostro, mientras pensaba en todas las veces que había venido a Lago Geneva. Sam me recordaba un poco a Katharine Hepburn, y habíamos visto todas sus películas juntas, aunque ella invariablemente negaba con vehemencia cualquier parecido.

Estaba tan asustada. ¿Cómo podía perder a Sam ahora? Sentí como si acabara de perder a Danny. Las lágrimas me empezaron a correr por las mejillas otra vez.

—¡Mierda! —murmuré en voz baja.

Me tomé unos minutos hasta que recuperé el control y luego me acerqué a ella. La besé en las mejillas y la miré fijamente. Tenía la esperanza de que Sam abriera los ojos, de que me hablara. Pero no lo hizo. ¡Ay! ¿Por qué estaba pasando esto?

—Voy a la casa —susurré—. Te veré por la mañana. ¿Me oyes? Te *veré* por la mañana. A primera hora, muy tempranito.

Una de mis lágrimas cayó en la mejilla de Sam, pero sólo le rodó por la cara.

—Buenas noches, Sam —dije.

4

Recuerdo muy poco del regreso a la calle Knollwood desde el sanatorio. Sólo sé que de pronto estaba *allí*, en la casa de mi abuela, y me sentí increíblemente segura en ese lugar tan familiar.

Detuve el Jaguar debajo del viejo roble en el jardín lateral sobre el césped marchitado por siglos de servir de estacionamiento. Apagué el motor y me quedé sentada por uno o dos minutos, con la esperanza de juntar fuerzas antes de entrar.

A mi izquierda el jardín bajaba hasta la costa. Podía ver el muelle, largo y blanco, que sobresalía en la superficie transparente del lago iluminado por la luna. El agua era el espejo del cielo colmado de estrellas.

A mi derecha estaba la vieja casa de madera, con varios porches, sus dos pisos asimétricos y el añadido de varias habitaciones en forma de buhardillas. El hogar, dulce hogar de mis abuelos. Conocía todas las esquinas y rincones de la casa, y la vista desde cada porche y ventana.

Me solté el cinturón de seguridad y bajé del automóvil a la húmeda brisa del verano. Y fue en ese momento cuando la fragancia de las azucenas me embargó por completo. Eran las flores favoritas de Sam y mías, las reinas del jardín, donde habíamos pasado tantas noches sentadas en la banca de piedra, oliendo las flores y contemplando el cielo estrellado.

Allí, Sam me contaba las historias de Lago Geneva: cómo el frío avanza de este a oeste; cómo, una vez, cuando estaban preparando las canchas de golf para el Torneo Nacional de Geneva, desenterraron un cementerio.

Sam sabía muchas historias y nadie las contaba como ella. Así fue como me convertí en escritora. Aquí, en esta casa, y Sam fue mi inspiración.

De pronto me sentí abrumada. Las lágrimas contenidas tanto rato me desbordaron. Caí de rodillas en el suelo duro del estacionamiento. Susurré el nombre de Sam. Me asaltó la terrible idea de que tal vez ya no volviera nunca más a esta casa. No podía soportarlo.

Siempre me había creído fuerte… y ahora esto. Alguien trataba de abatirme. Pues bien, eso no iba a pasar.

No sé cuánto tiempo estuve en el estacionamiento. Por fin, me puse de pie, abrí el baúl, saqué mi bolso de lona, y entré en la casa con las gatas. Maullaban desde sus jaulas, y cuando estaba a punto de liberarlas, vi una luz en una casa a una cuadra de distancia, cerca de la costa. Un instante después la luz se apagó.

Tuve la impresión de que alguien me estaba observando. ¿Pero quién sabía que estaba allí?

Ni siquiera Sam.

5

La casa de Sam era mi lugar favorito, el más sereno, y siempre, el más seguro... bueno, hasta esta noche.

Ahora todo parecía medio desquiciado. La cocina estaba oscura, así que apreté el interruptor de la luz. Luego, bajé a las gatas, y abrí las puertas de sus jaulas.

Las gatas saltaron como pequeños caballos de carrera cuando suena la partida. Sox es tres cuartas partes gata techera, y un cuarto, siamesa gritona. Euphoria es una gata blanca de pelo largo, ojos verdes y de carácter muy sentimental. Mientras les daba de comer, me temblaban las manos de pura tensión.

Después, caminé de un cuarto a otro, y todo parecía igual que siempre.

El viejo piso lustroso de madera dura fijado con clavos de cabeza cuadrada; la aglomeración caótica de plantas de interior acumuladas junto al ventanal del comedor; la increíble vista del lago; libros dispersos por todas partes: *Bel Canto*; las memorias de la Reina Noor de Jordania; *Historia breve de casi todo*.

Y las chucherías que Sam y yo amábamos: pinzas de hielo de la época en que el hielo era trasladado de Milwaukee a Chicago en carretas tiradas por caballos; viejas raquetas para caminar en la nieve; pinturas de los manzanos silvestres a orillas del lago y cuadros de la vieja estación de tren.

Exhalé un hondo suspiro. Este era realmente mi hogar, más que cualquier otro lado, en especial ahora que Danny ya no estaba en nuestro departamento de Chicago.

Llevé mi bolso de lona al primer piso, a "mi cuarto", con vista al lago.

Cuando iba a poner el bolso sobre el tocador, vi que ya estaba ocupado.

¿Qué es esto?

Había una docena de paquetes de sobres, atados con gomas elásticas, alrededor de cien o quizá más. Cada paquete estaba numerado y dirigido a mí.

El corazón empezó a latirme con fuerza cuando me di cuenta de lo que significaban las cartas. Durante años, le había pedido a Sam que me contara su historia. Quería oírla, y grabarla, para que mis hijos también la oyeran. Y allí estaba. ¿Intuía Sam lo que le iba a pasar? ¿Se había sentido mal en los últimos tiempos?

No me tomé la molestia de desvestirme. Sencillamente, me metí entre los suaves pliegues de las cobijas y tomé un paquete de cartas que coloqué sobre mi falda.

Miré fijo mi nombre escrito a mano en tinta azul con la letra familiar de Sam.

Respiré hondo y, al empezar a leer, noté que estaba temblando.

6

Querida Jennifer:

Acabas de irte, después de pasar nuestro fin de semana juntas, el de "sólo mujeres", y te siento muy cerca de mi corazón. En realidad, decidí escribirte esta carta cuanto nos despedíamos junto al automóvil. Recién ahora me doy cuenta.

Te miraba a los ojos y me invadió un sentimiento tan intenso que me dolió en todo el cuerpo. Pensé en lo unidas que somos, que siempre hemos sido, y en que no contarte algunas cosas de mi vida sería una pena, casi una traición a nuestra amistad.

Así que he tomado la decisión, Jen, de revelarte secretos que nunca le he confesado a nadie.

Algunos son simples; otros tal vez te parezcan, bueno, supongo que *escandalosos* es la palabra que estoy buscando.

En este momento estoy en tu cuarto, mirando hacia el lago mientras bebo el embriagador té de menta que nos gusta a las dos, y me alegra saber que vas a leer mis cartas, unas cuantas por vez, tal como yo las escribo. Puedo verte la cara mientras escribo esto, Jennifer, y ver tu hermosa sonrisa.

Ahora, estoy pensando en el amor, el tipo de amor apasionado, ardiente, que convierte a tu pecho en una campana y a tu corazón en un badajo. Pero también en el más duradero, que nace de conocer de modo profundo a alguien y de dejarse conocer. Lo que tú tuviste con Danny.

Supongo que creo en los dos tipos de amor, ambos a la vez y con la misma persona.

A estas alturas, sin duda te estarás preguntando por qué insisto tanto sobre el amor. En este momento, estás jugueteando con un mechón de tu cabello, ¿no es cierto?

¿No es cierto, Jennifer?

Quiero, necesito, hablar contigo sobre tu abuelo y yo, querida mía. Y aquí va.

La verdad es que nunca quise realmente a Charles.

7

Jennifer:

Ahora que ya escribí esa frase difícil, y que tuviste que leerla...

Por favor, presta mucha atención a la vieja fotografía en blanco y negro que he abrochado a esta carta. Fue tomada el día en que el curso de mi vida cambió por completo.

Recuerdo que era una mañana húmeda de julio. Sé que era húmeda porque el cabello se me había enrulado como esos tontos rizos a lo Shirley Temple que yo detestaba en esa época. ¿Puedes ver los frascos de boticario en la vidriera detrás de mí? Estoy delante de la farmacia de papá, con los ojos entrecerrados por el sol. Mi vestido es azul y está un poquito desteñido. Fíjate en mi postura, con las manos en las caderas, y en mi sonrisa serena. Esa es la que yo era. Segura de mí misma. Un poco atrevida. Ingenua. Con posibilidades de llegar a ser lo que quisiera. Al menos, eso creía.

Eso es lo que pensaba en ese momento.

Mi madre había muerto unos años antes y yo estaba a cargo del negocio ese verano. Pero al año siguiente iba a irme de Lago Geneva para estudiar en la Universidad de Chicago y convertirme algún día en médica. Así es, me proponía ser obstetra. Y estaba muy orgullosa de mí misma porque trabajé muy duro para lograrlo.

Después de que tomaron esta foto, seguí a mi padre hasta el negocio, no muy grande y poco iluminado. Barrí el piso de madera con un limpiador especial y coloqué los periódicos sobre el radiador, cerca de la puerta.

Cuando estaba pasándole una esponja al mostrador de mármol de la fuente de soda, se abrió la puerta y se cerró con un fuerte golpe.

Podríamos decir con toda exactitud que mi vida cambió en ese mismo instante, ¡de golpe!

Levanté la vista, enojada, y mis ojos se cruzaron con los de un joven muy atractivo. En un instante capté todo acerca de él: que rengueaba, y me pregunté por qué; que lucía ropas caras, lo cual quería decir que pertenecía al balneario, un visitante de verano; que me miraba fijo —¡fuerte!—, como un disparo al corazón.

Seguimos mirándonos mientras él caminaba despacio hacia el mostrador. Se sentó en uno de esos bancos giratorios. Ya de más cerca, no era buen mozo de modo convencional. La nariz era un poco ancha y las orejas le sobresalían un tanto. Pero tenía el cabello negro azabache y los ojos azul oscuro, y una boca agradable. Eso es exactamente lo que pensé, y lo recuerdo hasta hoy.

Anoté su pedido de almuerzo, y luego me forcé a darle la espalda, prepararle una ensalada de huevo, sin cebolla y con mayonesa extra.

Empecé a preparar el café; sentía sus ojos puestos en mí. Casi podía ver el vapor que surgía de la parte de atrás de mi cuello.

Tenía mucho que hacer esa mañana. Era necesario abrir las cajas de enjuague bucal, crema de afeitar y dentífrico, y mi padre me había pedido que lo ayudara a preparar las recetas.

Pero allí estaba, atrapada en la fuente de soda, porque el muchacho no se iba. Y para ser honesta, yo tampoco quería que se fuera.

Por fin, empujó el plato y me pidió otro "jugo de paraguas", lo cual me hizo reír.

—Eres linda, ¿lo sabes? —dijo, mientras yo le servía otra taza de café—. Me parece que nos conocemos. ¿Tal vez en un sueño que tuve hace poco? O quizá quiero tanto conocerte que soy capaz de decir cualquier cosa.

—Me llamo Samantha —pude decir apenas—. No nos conocemos.

La cara se le iluminó con una sonrisa radiante.

—Hola, Samantha. Yo soy Charles —dijo, y me tendió la mano—. ¿Le harías un gran favor a un soldado? ¿Cenarías con él esta noche?

¿Cómo podía negarme?

8

Jen:

Charles y yo cenamos esa noche en la maravillosa y elegante hostería de Lago Geneva, donde tú y yo aún solemos disfrutar almuerzos de dos y tres horas. Nunca había estado antes en ese lugar y quedé deslumbrada por su esplendor, las luces, la *clase*. (Acuérdate de que apenas tenía 18 años.) Las velas titilaban, los vasos tintineaban, camareros discretos servían platos deliciosos, y corría el vino, también el champagne.

Charles tenía 21 años, pero parecía mucho mayor, y quedé fascinada con todo lo que dijo y todo lo que *no* dijo esa noche. Por fin, después de gran insistencia de mi parte, me habló de la bala que lo había herido en Sicilia. También aludió a un daño mucho más profundo y me dijo que más adelante me contaría sobre esa lesión.

La promesa de futura intimidad por parte de Charles me resultó irresistible.

A los 18 años, yo era muy impresionable. Era una muchacha de pueblo, y Charles me introdujo en un mundo mucho más grande, un mundo que me fascinaba. ¿Cómo no?

Debes comprender que la vida era muy preciosa durante la guerra, Jen. Mataron al hermano de Gail Snyder en Pearl Harbor, hirieron al tío Harmon, y casi todos los muchachos que yo conocía estaban peleando en el extranjero. (Digo "muchachos" porque eso es lo que eran en su mayoría, y la guerra siempre fue para mí un lugar donde mandan a los jóvenes a morir.) Parecía un milagro que Charles hubiera vuelto a su casa y que nos hubiésemos conocido ese verano.

Salimos todas las noches durante un mes y medio, y por lo general venía a verme también a la hora de almuerzo. Recuperé el ánimo y empecé a divertirme como nunca. Charles hablaba con facilidad de los países europeos que había conocido y me hacía morir de risa cuando cantaba canciones populares estadounidenses con acento francés. A veces, se ponía de mal humor, pero la mayor parte del tiempo parecía un sueño hecho realidad. Era tan atractivo e ingenioso, y un héroe de guerra.

Y entonces, una noche de luna en el lago, Charles me susurró que me amaba y que siempre me amaría; estaba tan seguro de ello que me convenció. Cuando me propuso casamiento nueve semanas después de nuestra primera cita, mi corazón dio un vuelco de alegría. Pegué un grito, y él lo tomó como un sí. En ese momento Charles me besó con dulzura y me deslizó un brillante en el dedo anular. Ah, yo era la mujer más feliz del mundo.

Nos casamos a fines de septiembre. Ese día el sol brillaba por momentos y luego se escondía detrás de nubarrones grises. La luz cambiante daba la impresión de ser el telón que cae entre los actos de una obra, y también la boda se asemejaba a una deslumbrante producción de Broadway. Estaba loca por Charles. Nada parecía real del todo, pero era maravilloso.

La ceremonia se llevó a cabo en el Country Club de Lago Geneva. No éramos miembros del club y mi padre no podía pagar un casamiento como ese, pero los Stanford sí y lo hicieron, de modo que aceptamos casi todas las decisiones de mis futuros suegros.

Pero mi papá sí llegó a un arreglo con la señora Sine en el pueblo, quien cosió para mí un bellísimo vestido blanco de seda. Tenía cuello alto con docenas de botones en la espalda y más botones desde las mangas hasta las muñecas, y una falda larga y amplia que se me arremolinaba a los pies.

Lo conoces muy bien, Jenny, porque te lo pusiste cuando te casaste con Danny.

Aún puedo verlo. El club, todos nuestros invitados, Charles con el cabello negro azabache peinado hacia atrás, y su postura derecha, casi rígida. Mi padre me entregó al novio, tan buen mozo y atractivo. Nos casó un juez de la Corte Suprema de Illinois. Yo susurré con timidez mis promesas solemnes, y creí en ellas con toda el alma.

Charles y yo intercambiamos anillos, y entonces él me levantó el velo para besarme. Hubo vivas y aplausos, y todos los invitados salieron en tropel del edificio principal del club hacia el enorme jardín. Habían armado toldos blancos y ondulantes cerca de la orilla del lago. Sirvieron una comida exquisita y una de las mejores bandas de Chicago tocó música de Benny Goodman y Glenn Miller.

La mitad de los invitados tenía modales muy

finos y lucía atuendos diseñados en Chicago y
Nueva York; mis amigos y mi familia se pusieron
sus mejores ropas domingueras y miraban sus
zapatos tal vez con demasiada frecuencia. Pero el
champagne obró milagros. Bailamos y bailamos
sobre el césped, y grandes bandadas de gansos
migratorios pasaron volando por el cielo azul. Mis
amigos revolotearon a mi alrededor cuando se
puso el sol y me dijeron que era la envidia de
todos. Comprendí lo que querían decir, y estuve
de acuerdo.

Todo salió de maravilla.

O así lo creí yo durante una noche gloriosa, mi
noche de bodas en nuestro bellísimo Lago
Geneva.

9

Leí sólo unas pocas cartas, como me lo había pedido. Luego me quedé dormida con la ropa puesta, y sin duda soñé con Sam, la del pasado y el presente. Me desperté con una vaga sensación de temor, como si hubiese tenido una horrible pesadilla, una fantasía ajena a mis deseos.

Me tomó un instante ubicar las paredes verde manzana y la manta suave de mohair que tenía sobre los pies, pero entonces recordé dónde estaba. En la casa de Sam. Se suponía que aquí era feliz, y que, además, estaba a salvo y protegida. Siempre fue así en el pasado.

Sentí un peso sobre el pecho: Sox estaba profundamente dormida.

Acababa de mover a la gata cuando oí un grito agudo y casi espeluznante a través de las ventanas del dormitorio. ¿Estaban matando a alguien? Claro que no. Pero entonces, ¿qué era ese horrible ruido?

Me acerqué de un salto a la ventana, abrí la cortina y miré hacia el jardín delantero. Eran las primeras horas de la mañana.

No podía ver mucho a través de la ventana, apenas sombras y jirones de niebla procedentes del lago. Una fila de casas con techos de tejas se extendía hacia el sur. En ese momento vi y oí a un hombre que gritaba con la euforia de un niño de diez años. Corrió a través del césped de una casa ubicada quizá a una cuadra de distancia, a orillas del lago.

El hombre atravesó el jardín con rapidez y agilidad,

subió a un muelle de apariencia endeble pintado de blanco, y, sin perder el ritmo, se lanzó de cabeza al lago como un profesional.

Qué buena zambullida. Y qué extraña escena para una hora tan temprana.

Me quedé mirando un rato mientras él nadaba en un poderoso estilo libre antes de desaparecer en la niebla. Era un buen nadador, elegante y fuerte. Me recordó a Danny. Él también había sido un gran nadador.

Me alejé de la ventana. Ya estaba despierta, así que me quité la ropa del día anterior y me puse jeans limpios y una camiseta azul del equipo de béisbol de los Cubs que saqué de mi bolso. Las cartas de Sam se habían caído al suelo y las recogí. Recordé: "Nunca quise realmente a Charles". Todavía no podía enfrentarlo. Yo había querido mucho a mi abuelo. ¿Cómo era posible que Sam no lo hubiese amado?

Bajé a la cocina, íntima y hogareña, revestida de roble de tonos dorados, donde habían empezado tantas mañanas de verano. Preparé café y llamé al hospital para preguntar por Sam, y para asegurarme de que su doctor pudiera verme más tarde esa mañana. Sam se mantenía estable. Pero aún no había abierto los ojos.

Me moví por toda la cocina, tan familiar, mientras preparaba mi desayuno: cereal de trigo y cebada, naranjas exprimidas, un "jugo de paraguas" y tostadas de pan integral con mantequilla dulce. Le di de comer a las gatas… y miré para ver si el nadador había regresado. Todavía no. Quizá lo había inventado.

Mientras bebía el último trago de café, me puse a mirar el lago. Dios, qué bello era. La neblina mañanera se había disipado. ¿Y *qué era eso*? El nadador estaba subiendo a su muelle y escurriéndose el agua del cuerpo con el borde de las manos. Noté algo que no había visto antes: estaba desnudo.

Bueno, tenía un cuerpo pasable, quienquiera que fuera. Obviamente, a *él* también le gustaba. Típico narcisismo masculino, sin mencionar su falta de consideración. "Idiota", murmuré.

Tal vez unos diez minutos después el motor del Jaguar empezó a ronronear debajo del roble. Coloqué a mi lado, en el asiento del acompañante, un gran ramo de flores recién cortadas. Me puse en camino para ver a Sam. Tenía que responder a varias preguntas.

10

Hice el viaje al hospital en menos de los quince minutos habituales. En cuanto llegué, me dirigí a la unidad de cuidados intensivos. Las visitas ya se estaban reuniendo alrededor del puesto de las enfermeras, pero uno de los médicos me llamó aparte. El doctor Mark Ormson me pidió disculpas y me dijo que tenía que esperar. El médico de Sam la estaba examinando en ese momento.

Había una máquina de café en la sala de espera al otro lado del pasillo. Metí unas monedas de 25 centavos por la ranura, mientras pensaba que necesitaba ver a Sam, pero no *necesitaba* beber más café.

Por el rabillo del ojo, vi a un hombre de unos 75 años, bronceado, con barba muy cuidada. Me saludó con la mano, luego se levantó de una de las sillas de plástico y caminó hacia mí. Era Shep Martin, el abogado de Sam y vecino del lago.

Nos sentamos, y cuando empezó a hablar de Sam, era obvio que Shep estaba tan impactado y sorprendido por el estado de Sam como todos parecían estarlo.

—He adorado a Sam durante 40 años —me confesó—. Sabes, la conocí aquí mismo, en el hospital.

Shep me contó una historia que me dio escalofríos.

—Una noche —esto pasó hace unos 40 años, Jennifer— en que yo estaba de viaje me enteré de que mi padre había sufrido un accidente automovilístico. Llegué al hospital a la mañana siguiente, y me encontré con una mujer totalmente desconocida sentada al lado de mi padre herido de gravedad. La mujer le tomaba la mano. No sabía qué decir.

"Por suerte, Sam habló primero. Me explicó que había venido a visitar a un amigo la noche anterior. Tu abuelo estaba de viaje. Al pasar delante de la habitación de mi padre, salió una enfermera. Esta confundió a Sam con mi hermana, Adele. La agarró fuerte de la muñeca y la puso al lado de mi padre, mientras le decía: 'Su padre pregunta por usted'.

"Mi padre estaba semiconsciente o quizás inconsciente. Nunca se dio cuenta de que Sam era una extraña, y ella nunca lo sacó de su error. Sam se quedó toda la noche con mi padre, sólo porque él necesitaba a alguien."

Cuando Shep terminó su relato, oí que me llamaban por mi nombre, y eso me sobresaltó.

Me di vuelta y vi a un médico en la entrada de la sala de espera. Era Max Weisberg, rubio y recién afeitado. Llevaba puesto un guardapolvo verde y sostenía una historia clínica delante de él. Max es un poco mayor que yo, pero lo conozco desde que éramos niños.

La expresión de su rostro era grave, alarmante. Caminó hacia mí y me tendió la mano.

—Me alegro de que hayas venido —musitó—. Ahora puedes ir a ver a tu abuela.

11

Mientras me acompañaba a la habitación de Sam, Max Weisberg respondió a la mayoría de mis preguntas llenas de ansiedad, y luego me dijo que entrara a verla. Al acercarme a la cama de Sam, aún llevaba en los brazos las flores recién cortadas y me incliné para que quizá pudiera olerlas.

—Hola, soy Jennifer. Vine para molestarte otra vez. Y voy a seguir viniendo hasta que me *pidas* que no venga —empecé—. *Todos* en el pueblo preguntan por ti. Quieren que te mejores de inmediato, y si puedes antes, mejor. De veras te echamos de menos. A propósito, hablo en nombre de todos... Pero más que nadie, yo te echo de menos.

Encontré un buen lugar para las flores en el alféizar de la ventana, cerca de la cama.

—Tengo tus cartas —le dije—. Imposible no verlas.

Me acerqué y toqué la mejilla de Sam, y luego la besé.

—Gracias por compartir las cartas conmigo. Te prometo que no las voy a leer de un tirón, aunque quisiera.

Miré con fijeza la cara de Sam. Pensé que sabía todo acerca de ella, pero obviamente no era así. Aún se la veía tan bella... tenía una belleza franca y sin artificios. Empecé a llorar otra vez y sentí un gran dolor en medio del pecho. Me quedé sin palabras por un instante. La quería tanto. Danny y ella eran mis mejores amigos, los únicos a los que de veras abrí mi corazón. Y ahora tenía que pasar esto.

—Déjame que yo te cuente a *ti* una historia —dije por fin—. Volvamos al pasado, cuando yo tenía cuatro o cinco años. Solíamos venir al lago desde Madison varias veces todos los veranos. Esas temporadas en el lago *eran* el verano para mí. ¿Te acuerdas, Sam? Cuando partíamos, después de cada visita, te quedabas en el porche y decías con voz bien fuerte: "Adiós, los quiero mucho". Y yo me asomaba por la ventanilla y te respondía: "¡Adiós, abuelita, yo también te quiero! ¡Adiós, abuelita, yo te quiero mucho!". Lo que no sabías era que yo seguía repitiendo esas frases hasta llegar a casa: "Adiós, abuelita, te quiero. Adiós, te quiero". Te *quiero*, Sam. ¿Me oyes? Te quiero tanto. Y me niego a decir *adiós*.

12

Detestaba separarme de Sam pero tenía una cita a la hora de almuerzo a la que no quería faltar. Salí del estacionamiento del hospital y en poco tiempo llegué a la calle principal del pueblo.

Lago Geneva es como una aldea de juguete, sólo que de tamaño natural, y nunca he conocido a nadie, excepto algún cínico de la peor especie, que no se haya enamorado del pueblo. La calle ancha y de mucho movimiento cuenta con muy buenos restaurantes y negocios muy bonitos que venden antigüedades. El reluciente lago brilla en forma magnífica como telón de fondo.

Me detuve en un semáforo rojo y miré a la gente que reía y caminaba en grupos por la acera. La escena se superponía a mis recuerdos de los veranos recientes pasados allí con Danny, cuando él y yo hacíamos lo mismo. *Ay, Danny, Danny, como quisiera que estuvieras aquí.*

Estacioné frente a lo que fue la farmacia de mi bisabuelo y entré en el interior, frío y oscuro. John Farley me estaba esperando en la parte de atrás del negocio, en una mesa apartada con asientos de cuero rojo. Se lo veía muy atractivo con sus abundantes cabellos grises, y llevaba puesta una camisa de rugby de rayas azules y amarillas y pantalones color caqui.

Se levantó del asiento en cuanto me vio.

—Parece que vinieras del mismísimo infierno —me dijo, alegre.

—Eso tiene mucho sentido si lo dice un experto en el infierno —le respondí, sonriendo por primera vez en el día.

Aunque la mayoría de los clérigos parecen conocer la vida sólo a través de los libros, John, por el contrario, se mantenía muy en contacto con la realidad, igual que los mejores psicoanalistas de Chicago. Le pedimos sándwiches de queso caliente y batidos de chocolate a una adolescente que no tenía ni la menor idea de que yo veía el bar a través de un viejo filtro en tonos sepia, mientras recordaba la descripción de Sam del encuentro con mi abuelo en ese lugar.

—¿Qué clase de hombre era mi abuelo? —le pregunté a John después de que nos sirvieron el almuerzo.

—Era un excelente abogado, pésimo golfista y buen padre de familia. Era lo que se suele llamar un hombre cabal —respondió.

—Charles y Sam se conocieron en este lugar —dije—. A menos de tres metros de donde estamos.

John seguramente vio una expresión de tristeza en mi rostro. Se acercó y me tomó las manos.

—Cuando pienso en tu abuelo, lo primero que recuerdo es que no soportaba que se le ensuciara la ropa, Jennifer, pero siempre estaba en el jardín, rastrillando hojas o moviendo piedras según las instrucciones de tu abuela. O juntando leña o reparando el automóvil. Entretanto, ella lo cuidaba. Cocinaba lo que a él le gustaba comer. Le levantaba el ánimo. A su manera, se respetaban y querían.

Asentí con un movimiento de cabeza, y me pregunté si me estaba contando toda la verdad.

—¿Y Sam? ¿Qué clase de mujer era Sam?

John Farley tenía una sonrisa deslumbrante.

—Tu abuela es la persona más fuerte que conozco. Estoy seguro de que va a recuperarse. Nunca dejes de confiar en Sam.

13

Esa tarde, de nuevo en la casa de Sam, intentaba no deprimirme por lo que había ocurrido. Pensaba hornear una de las famosas "tortas locas" de Sam y después comérmela sola. Como de costumbre, el enorme roble proyectaba su suave sombra sobre el jardín delantero. Una pareja caminaba despacio por el sendero que rodeaba el lago, los veleros navegan veloces, empujados por sus coloridas velas.

Un hombre mayor de mejillas sonrosadas se hallaba sentado en una silla de ruedas a orillas del lago, lanzándole una pelota de tenis verde a un terrier callejero de pelo marrón. El perro recogió la pelota todas las veces. Finalmente, el hombre me vio, y como suele hacer la gente del lago, me saludó con la mano.

Le devolví el saludo y enseguida entré en la casa. Regresé al porche con un vaso grande de limonada y un paquete de cartas de Sam.

Me habían surgido muchas preguntas acerca de Sam y de mi abuelo. *Nunca quise realmente a Charles.* ¿Era verdad? ¿Era posible? ¿Qué otros secretos había en sus cartas?

Me acomodé en la mecedora de mimbre, desaté el paquete y le di la cinta a Sox, que se la llevó entre los arbustos para destrozarla.

Entonces, mientras la brisa me despeinaba los cabellos, empecé a leer la historia verdadera de mi abuela.

Las primeras cartas consistían en notas sobre el jardín de Sam, sus opiniones sobre la provocadora columna que escribí sobre el desastre del correo en Chicago, y algunas de sus impresiones sobre el presidente Clinton, a quien Sam adoraba, aunque también la hubiese decepcionado.

Y entonces retomé el hilo de la historia de su vida... y Sam dejó caer otra bomba. Dios mío, apenas me había recuperado de la última.

14

Jennifer:

Tal vez esta sea la peor de las cartas que voy a escribir.

Charles y yo fuimos de luna de miel a Miami, como bien sabes. Nos alojamos en el Fountainebleau, un hotel viejo y maravilloso, situado en la avenida Collins al lado de la playa. Pero Charles estuvo descontento durante toda la estadía. Se quejaba de que el personal del hotel era demasiado servil, la comida demasiado elaborada, la arena demasiado arenosa. En pocas palabras, a todo le encontró defectos.

Y en especial me criticó con dureza.

La tercera noche, después de cenar, estábamos en la pequeña terraza de nuestra habitación, escuchando el ruido que hacía el mar al chocar contra los muelles. Charles había bebido varios tragos.

Yo quería charlar:

—Fue agradable conocer a esa pareja de Carolina del Norte. Nos reímos bastante, ¿no es cierto?

Se le ensombreció la cara con una violencia que pareció salir de la nada. Me miró directo a los ojos:

—Si alguna vez te enfrentas a mí, si alguna vez me contrarías de una u otra manera, si alguna vez te conviertes en una mujer aburrida y tonta, te dejaré sin un centavo.

Y entonces levantó la mano derecha y me pegó una cachetada. Muy fuerte. Me sacudió hasta los huesos. Creo que fue la primera vez que me pegaban.

Charles entró en el cuarto hecho una furia, y me dejó anonadada en la terraza. Me quedé afuera un rato muy largo y me dediqué a escuchar el oleaje del océano Atlántico, o tal vez era mi propia sangre la que me golpeaba en los oídos. Tenía ganas de vomitar, de regresar corriendo a mi casa, ¿pero cómo podía hacer eso?

Jennifer, quedé deshecha y terriblemente confundida. ¿Me comprendes? Había dejado mi casa, a todos mis amigos, para poder estar con Charles. Todo era distinto entonces para las jóvenes pueblerinas. Las mujeres no se divorciaban, ni siquiera aunque las golpearan.

Maduré esa noche de mi luna de miel. Visualicé nuestro futuro y sentí que era muy poco lo que podía hacer para cambiarlo. Pero sí hice una cosa. Antes de salir de Miami, le dije a Charles que si me volvía a pegar, lo dejaría en el acto, y al diablo con las consecuencias. Todo el mundo se enteraría de que era un desgraciado y un matón.

Después de la luna de miel, Charles y yo nos mudamos a un departamento grande en Chicago. Sin embargo, las cosas todavía no andaban bien entre nosotros. En cuanto se graduó como abogado, tu abuelo ingresó en el estudio de la familia. Poco después di a luz a tu madre, después a tu tía Val. Pero, Jennifer, yo soñaba con los veranos, la época en que volvía siempre a Lago Geneva.

A pesar de todo, temía los fines de semana, cuando Charles regresaba de Chicago. Venía de mal humor, aunque muy pocas veces me levantó la mano. Era egoísta y le gustaba denigrarme delante de los niños y de nuestros amigos. Pero sí nos mantenía, y con el tiempo cumplió su promesa de revelarme el oscuro secreto de su pasado. Lo que Charles nunca me contó fueron los secretos de su presente, las amantes que tenía en Chicago y en otros lados.

Lamento tener que contarte esto, pero tú querías conocer mi historia.

15

Querida:

Déjame contarte otras cosas sobre tu abuelo para que puedas comprender cómo llegó a ser el hombre que era. El marido, incluso el abuelo.

Imagínate a Charles contándome lo que él llamaba "los pecados del padre", sucesos que moldearon su vida... y la mía. Ocurrió tres años después de nuestro casamiento. Tu mamá dormía en su cuna en el cuarto contiguo, y era una buena y dulce dormilona. Charles y yo estábamos acostados, y los automóviles se deslizaban bajo la lluvia iluminándonos la cara con sus grandes faros cuando pasaban por la ventana de nuestro departamento de Chicago.

Esa noche deprimente Charles me contó por fin el suceso que le cambió la vida. Había ocurrido cuando él tenía apenas 16 años, y es una historia increíble.

Los padres de Charles dieron una fiesta para su hijo mayor, Peter, que acababa de graduarse en la escuela secundaria. Después de comer, los invitados fueron a la biblioteca a tomar café. Peter estaba abriendo sus regalos y Charles le hizo un comentario imprudente a su padre; le dijo que, al parecer, a su hermano mayor siempre le daban lo mejor.

Arthur Stanford sencillamente estalló. Miró a Charles y lo llamó ingrato. Y entonces le dijo que ya era tiempo de que supiera la verdad.

—Ni siquiera eres nuestro hijo. ¡Te adoptamos! —le gritó su padre.

Así nomás, delante de toda la familia. Se acabó la fiesta y, en el delicado silencio que siguió, Charles corrió a su cuarto escaleras arriba. Su padre subió tras él. Cuando llegaron al último descanso, Charles gritó:

—¡No es verdad! ¡Sé que no es verdad!

Para entonces, ya Charles Stanford se había calmado un poco.

—Créeme, Charles, yo no soy tu padre. Soy tu *tío* —le informó—. Tu padre es mi hermano Ben. Dejó embarazada a una muchacha, una cualquiera de sabe Dios dónde.

—Estás mintiendo —tartamudeó Charles, penosamente.

—Entonces anda y pregúntale a tu padre —respondió Arthur—. Además, ya es hora de que lo conozcas. Lo último que supe de él fue que estaba trabajando en la taberna Murray. Es una cantina en Milwaukee —Arthur Stanford bajó la voz—. Caroline y yo te recogimos. Hemos tratado de quererte, Charlie. Hacemos lo que podemos.

Esa noche, cuando sólo tenía 16 años, Charles se fue a la estación de tren. Compró un boleto de un dólar y abordó el rápido a Milwaukee.

En nuestro dormitorio, Jennifer, los faros de los automóviles iluminaban la cara mi marido y pude verle los ojos encendidos por el terrible dolor. Sentí una enorme compasión por él. Aunque no podía perdonarlo del todo, al menos comprendí qué era lo que había ocurrido para convertirlo en una persona tan colérica y, en ocasiones, tan cruel.

Charles siguió contándome su historia, y algunas de sus palabras fueron tan vívidas que las recuerdo todavía.

Me dijo que el viaje en tren terminó dos horas después. La frase de su tío, "una cualquiera de sabe Dios dónde" le martillaba la cabeza como una horrible cantilena. Caminó por la calle Michigan ya pasada la medianoche. Cerca de allí había dos grandes cervecerías y el olor a cerveza impregnaba el aire.

Preguntó la dirección, se dirigió hacia el este, hasta que encontró la avenida Murray. Casi pasa sin ver el lugar que buscaba.

No había ningún letrero en la entrada; sólo una ventana sucia a la izquierda de la puerta iluminada por un enorme cartel de una conocida cerveza de Milwaukee. Charles abrió la puerta chirriante y entró en un bar que estaba más oscuro que la noche en las calles de la ciudad. Había una larga barra y una capa espesa de humo flotando sobre ella.

Los hombres que trabajaban en las cervecerías y olían a malta rancia levantaron los ojos y lo miraron. Nadie dijo nada, ni parecía importarles que estuviera allí.

Cuando se acostumbró a la oscuridad, Charles se subió a un taburete forrado en tela. Se sentó en las sombras, observando hasta los mínimos detalles: los cubiletes de dados sobre la barra, dos o tres trabajadores jugando por tragos, un letrero que decía:

ESPECIALIDAD DE LA CASA: PIS DE PANTERA.

Sobre todo, miraba al barman, un hombre rudo, con la cara marcada de cicatrices, pero de inconfundibles facciones Stanford: la nariz aristocrática, levemente aguileña, las orejas un tanto salidas. Charles me dijo:

—El amor que sentí por él era casi doloroso.

Mientras miraba a su alrededor, vio que su padre le daba mal el cambio a un cliente y contaba chistes vulgares sobre mujeres, lo que hizo sonrojar a Charles.

Finalmente, su padre limpió la barra con un trapo grasoso, se inclinó sobre la cara de Charles y le dijo en sorna:

—Vete de aquí, niño. Lárgate antes de que te cruce el río de una patada en el trasero.

Charles abrió la boca, pero no pudo decir nada. El terrible momento duró una eternidad. Le ardían las mejillas, pero Charles no podía hablar.

—Un marica —dijo su padre ante fuertes risas—. El muchacho es un marica. Y ahora lárgate de una vez por todas.

Temblando de emoción, Charles se bajó del taburete y salió del bar. No se dio a conocer a su padre, y no dijo ni una sola palabra. Ni en ese momento, ni nunca después.

Le pregunté a Charles:

—¿Cómo te fuiste sin hablar con tu padre?

Habló con voz monótona, como si le doliera responder. Dijo que al mirar a su padre vio los ojos de Arthur, la misma indiferencia e insensibilidad. Y supo que su propio padre jamás lo había querido y que nunca lo querría.

—Lo encontré con tanta facilidad —dijo Charles—. ¿Por qué él nunca me encontró a mí?

Esa noche tomé a tu abuelo entre mis brazos, Jennifer. Comprendí que yo era su única amiga, más allá de lo que significara la amistad para él. Pero al estrecharle la cabeza contra mi pecho y acariciarle el cabello, supe por qué Charles se había casado conmigo. Nuestro casamiento fue un acto provocador, la manera de Charles de poner el dedo en la llaga de la familia Stanford.

Yo tenía 22 años, pero sentí que mi vida había acabado.

16

La triste historia de Sam sobre mi abuelo me dejó atónita. A pesar de lo mucho que lo quise, percibí algo de verdad en lo que me contaba. Aunque ella me había pedido que leyera despacio las cartas, me moría de ganas de saber más. ¿Cómo pudo quedarse con Charles todos esos años?

Estaba sentada en la cocina y acababa de abrir otro sobre, cuando me sobresaltó el ruido de pisadas en el jardín y un movimiento que capté con el rabillo del ojo.

Un hombre se apareció por el costado de la casa. Lo raro era que me parecía conocerlo, pero no sabía de dónde. Salí al porche a preguntarle qué quería.

Tenía el cabello castaño claro, con ondulaciones suaves y un poco despeinadas. Un rizo rebelde le caía sobre la frente. Los ojos eran de un azul intenso.

—Hola —dijo.

—Hola —respondí, no muy segura.

Andaba cerca de los 40 años y llevaba pantalones cortos de color caqui, una camiseta de Notre Dame y unas sandalias muy viejas, de lo más extrañas.

De repente caí en la cuenta. La última vez que lo había visto no tenía nada puesto. Era el nadador, el del grito de guerra.

—¿Jennifer? —dijo, y eso me desconcertó. Me preguntaba a mí misma cómo sabía mi nombre, y en ese instante el desconocido puso la mano en la barandilla y empezó a subir al porche.

—Un momento —le dije—, ¿te conozco?

—Ay, disculpa. Soy Brendan Keller. Estoy alojado en la casa de mi tío Shep, cuatro casas más abajo. Me comentó que se había encontrado contigo en el hospital. *Brendan Keller*. No te acuerdas de mí, ¿o sí?

Hice un gesto negativo con la cabeza. Luego asentí. Entonces empecé a recordar. Brendan Keller y mi primo Eric habían compartido conmigo muchos veranos infantiles en Lago Geneva. Fueron los hermanos que nunca tuve. Durante uno o dos veranos, los seguí a todos lados. Ellos me llamaban Scout, el nombre de la protagonista de *Matar un ruiseñor*.

Sin embargo, no recordaba haberlo visto desde que era muy niña. Le tendí la mano en señal de bienvenida.

—Ey, tanto tiempo...

Terminamos acomodados en el porche, bebiendo té helado y conversando. Pasamos la mayor parte del tiempo recordando "aquellos tiempos" en Lago Geneva. Brendan había leído mi columna del diario, y me enteré, después de un rato, de que era médico.

—Eras bastante madura para tus diez años. Creo que incluso ya habías leído *Matar un ruiseñor*, de Harper Lee.

Me reí y bajé los ojos, avergonzada por algo que no sabía bien qué era. Brendan observó mi mirada.

—Te fijaste en mis zapatos.

—No, yo...

Una leve sonrisa se le cruzó por la cara.

—Me los prestó mi tío. Mira, hablando de Shep; dice que el Club de Leones está organizando una cena de langostas en el restaurante de Fontana. Estás invitada, si quieres ir.

Moví la cabeza, más que nada por reflejo.

—No, lo siento. Esta noche no puedo. Tengo que escribir mi columna, y me falta mucho para terminar.

—¿Y si me cambio de zapatos? Tengo unos mocasines bastante elegantes. ¿O zapatillas? También puedo ir descalzo.

Sonreí.

—No puedo —insistí—. Lo siento. Tengo una fecha límite de entrega, en serio.

Brendan se puso de pie y dejó el té sobre la mesa.

—Está bien. Bueno, vivo en esta misma calle, así que espero encontrarme contigo en otro momento. *Brendan Keller.*

—Scout —respondí con una sonrisa.

Nos despedimos casi murmurando y le hice un gesto de adiós con la mano mientras caminaba en dirección a la casa de su tío. Ya no me sentía en el mismo estado contemplativo de hacía un rato. Puse a un lado las cartas de Sam y entré en la casa.

Trabajé un poco esa tarde, y en una o dos ocasiones pensé en la cena de langostas que se llevaba a cabo sin mí en Fontana. Al final, me preparé una ensalada para la cena, mientras me preguntaba por qué estaba tan empeñada en comer sola.

Pero sabía la respuesta: Danny.

Y nuestro pequeño "Pulgarcito".

17

Esa noche volví tener el sueño de Danny, ese que odio tanto; el sueño en el que soy Danny, pero al mismo tiempo soy yo observándolo.

Siempre es el mismo.

Danny hace surf en la costa norte de Oahu, en una playa muy hermosa. Un día las olas son enormes y al día siguiente, el mar está tan liso que parece una mesa de vidrio.

Lo malo es que Danny está solo ese día. Se supone que pasaríamos juntos las vacaciones, pero a último momento tengo que quedarme en Chicago escribiendo un artículo importante para el *Tribune*. Y decido quedarme.

Así que, ahí está, esperando su ola. Y entonces se eleva en el agua. El problema es que la ola alcanza su punto más alto mucho antes de lo previsto. De repente, es arrojado al fondo con fuerza, a seis metros de profundidad. Danny no sabe en qué dirección está la superficie y en qué dirección está el fondo. Recuerda una regla básica: una mano arriba, la otra abajo: busca el suelo, busca el aire.

De pronto la ola lo aplasta de nuevo contra el fondo del mar, y no puede creer la fuerza de la oleada. Los oídos le laten y el agua le entra por la nariz. El cuerpo se le retuerce de dolor. Se le paralizan las piernas. ¿Se ha roto algo? Siente un terrible ardor en los pulmones.

En ese momento Danny renuncia a todo… Excepto a mí y al bebé. Empieza a gritar: ¡Jennifer…! ¡Jennifer, *ayúdame*…! ¡Por favor, ayúdame, Jennifer!

Desperté en mi antigua habitación, en la casa de Sam. Me corría un sudor frío por el cuerpo y el corazón me palpitaba con violencia. ¿Cómo podía olvidar el pasado si Danny siempre se aparecía en mis sueños? No llegué a tiempo para encontrarme con él en Hawai: todo lo que había sucedido era culpa mía. Todo.

18

Me quedé en la cama durante un par de minutos hasta que oí un grito que venía de afuera. Por fin, decidí levantarme y corrí las cortinas de la ventana.

Allí estaba Brendan, pero al menos esa mañana llevaba puesto un traje de baño. Lo vi realizar una zambullida perfecta desde el muelle del lago. "Algo está madurando", murmuré; luego me pregunté desde cuándo era tan gruñona.

Me di una ducha, me puse los jeans del día anterior, una camiseta del equipo de béisbol del *Tribune*, y me até el cabello hacia arriba, en una especie de cola de caballo invertida. Me dirigí al jardín y me encontré con una fragante mañana de verano. Necesitaba salir y escapar de mis pesadillas.

En la zona hay unos doce muelles blancos, exactamente iguales, en el perímetro de 40 kilómetros de Lago Geneva. Cada uno es de dos metros y medio de ancho y diez de largo; al parecer, todas las casas de la costa tienen uno. En noviembre, a comienzos del invierno, los sacan del lago; cuando llega la primavera, los pintan y vuelven a meterlos en el agua.

Fui con mi jarrito de café hasta el final del muelle de Sam, desde donde podía ver a los ánades y a las gaviotas en picada, pescando su desayuno. En Wisconsin abundan los peces, más que nada la perca; hay, además, bacalao y trucha. Es la cuna del Partido Republicano, pero también de algunos buenos demócratas. Wisconsin es un estado interesante.

Ya en el lago, pude ver a Brendan Keller haciendo ostentación del elegante estilo libre de la mañana anterior. Mientras lo observaba, empezó a nadar hacia mí. Su figura fue agrandándose a medida que se acercaba, hasta que llegó al extremo del muelle de Sam, y de un empujón con los brazos salió del agua.

Se sacudió como un perro mojado.

—¡E*y*! —le dije.

—Tienes que ponerte el traje de baño y venir a nadar, Scout. El agua está increíble. No exagero.

—No puedo —le respondí, y yo misma me di cuenta de que sonaba como una tonta—. Compromisos previos.

—¿Trabajo? —sonrió mientras se escurría el agua del cuerpo con las manos, tal como lo había visto hacer antes.

—Estoy por salir. Voy a ver a Sam —le expliqué—. Justo estaba pensando en escribir una columna sobre los gastos innecesarios del gobierno. Trabajo mental, tú me entiendes.

—¿Ya comiste?

—Estoy tomando mi desayuno —respondí, levantando mi jarrito.

—Eso no es nada —dijo—. Bueno, no te hagas la difícil. Preparo unos panqueques de moras "cinco estrellas". En un minuto. Créeme, ¿sí?

¿*Creer en él*? Iba a decir algo, pero estaba harta de balbucear cosas incomprensibles. Y en ese momento no tenía ganas de discutir, y menos de contradecirlo.

Así que hice lo que me pidió. Y confié en que haría panqueques de mora cinco estrellas.

En un minuto.

19

Incluso mientras caminaba al lado de Brendan por la costa, me preguntaba qué estaba haciendo. Pero ¿qué tenía de malo? Y, la verdad sea dicha, me moría de hambre y los panqueques de mora sonaban bastante bien.

La casa de Shep Martin era nueva pero acogedora. La cocina tenía ventanas altas y tragaluces, mesas de mármol resplandecientes y pisos de madera. La música de fondo era jazz acústico (algún gran intérprete cantaba el tradicional blue *Stagger Lee*). Y los panqueques *eran* excelentes. Ni gomosos, ni quemados, ni secos. Estaban *a punto*.

Por desgracia, la situación comenzó a ponerse un poco delicada entre Brendan y yo. Me dijo que había entrado en la página de Internet del *Chicago Tribune* para volver a leer algunas de mis columnas. Lo había conmovido mi reportaje acerca del secuestro de un niño, y mi encuesta acerca de "¿Con quién le gustaría quedarse en una isla desierta, su cónyuge o su gato?" lo había hecho reír a carcajadas.

Yo asentía con gestos, siempre amable, pero en realidad apenas le respondía. Empezaba a sentirme un poco incómoda. No quería seguir ahí, pero no sé me ocurría cómo irme de manera elegante.

Cuando terminamos de comer los panqueques, Brendan me contó que era médico radiólogo y que vivía en South Bend, en Indiana. Le dije que me parecía bueno... una respuesta corta, monosilábica.

Movió la cabeza; parecía confundido.

—No suelo hablar de mí mismo —confesó—, supongo que tanto aire fresco me está afectando. Decidí tomarme unas vacaciones. Después de pasar un buen rato sentado en la oscuridad examinando placas de rayos X, te dan unas ganas horribles de salir gritando en busca de un poco de sol.

En realidad, me estaba quedando más tiempo del que había pensado. Mi plan era comer y salir corriendo. Por fin, le agradecí a Brendan el desayuno y me dirigí a la casa de mi abuela.

Caminé una cuadra por el atajo, a orillas del lago, hasta que llegué al pie del jardín de la casa de Sam, el largo jardín de la parte delantera.

Las gatas me saludaron con maullidos cortos y suaves, y juntas subimos la ladera hacia la casa por el sendero angosto de plantas perennes sembradas por mi abuela. Sam hizo muchas cosas bien, ¿no es cierto? Excepto, quizá, casarse con el hombre adecuado. Y sabe Dios con qué más me iba a encontrar en las cartas.

Había plantado más de 100 metros de flores exquisitas a lo largo de la propiedad, desde el lago hasta la calle. El jardín ya estaba en todo su esplendor veraniego. Rosales silvestres de flores rojas y rosadas vibraban triunfantes; los lirios oscilaban en sus tallos como el aleteo de los pájaros.

En ese momento, vi a alguien más en el jardín, a un hombre, y me sonreí.

—¡Ey, *tú*! —llamé.

20

—¡Henry! Qué bueno verte —le dije al hombre alto, delgado y fuerte que estaba sacando herramientas de jardín de una camioneta. Sus cabellos formaban un semicírculo blanco alrededor de la calva, los ojos le brillaban y se movía con gran agilidad, a pesar de sus setenta y tantos años.

—Jennifer, tenía la esperanza de encontrarte —respondió el jardinero—. Ayer llegué al hospital dos minutos después de que te fuiste. Estás preciosa, querida.

Me dio un gran beso y un abrazo que bien podría haber dejado una marca permanente.

Le conté lo que sabía de Sam por la llamada de esa mañana al hospital: que estaba igual. Henry hizo un gesto de asentimiento y vi el dolor en sus ojos. Empecé a recordar todas las veces que los había visto, a Sam y a él, trabajando en el jardín y mostrando sus bellezas.

Henry Bullock había estudiado floricultura en Inglaterra y era el jardinero residente de Lago Geneva. Henry siempre alardeaba de que "Sam tenía muy buen ojo" y de que "era una gran colega". Sin duda Sam era una aficionada obsesiva.

—Casi me da un ataque cuando la encontré en el piso de la cocina —me dijo, moviendo la cabeza como si quisiera olvidar el momento.

—¿Tú la encontraste? —pregunté sorprendida.

—Sí —respondió, mientras se limpiaba los ojos con un pañuelo—. Cómo me gustaría que Sam viera sus flores esta mañana.

Dios mío, su dolor reavivó el mío. Volví a abrazarlo, y entre murmullos tratamos de convencernos de que Sam volvería pronto a casa. Siempre habíamos considerado a Henry como parte de la familia.

Un rato después, un ruido de máquinas interrumpió nuestra conversación. Joseph, uno de los hijos de Henry, pasaba la cortadora de césped por el jardín de la entrada. Me despedí, y subí las gradas del porche.

En mi reloj eran las 8:40, y supuse que tendría tiempo para leer un par de cartas más antes de ir a ver a Sam.

21

Querida Jennifer:

Quisiera hablar un poco sobre la importancia de las segundas, incluso terceras, oportunidades. Estaba ayudando un día en la biblioteca cuando un señalador de libros se cayó de entre las páginas de una novela. En realidad, era una nota escrita a mano, una cita atribuida al padre Alfred D'Souza. Este había escrito: "Durante mucho tiempo tuve la sensación de que mi vida estaba por empezar una vida verdadera. Pero siempre encontraba obstáculos en el camino, algo que había que llevar a cabo primero, un asunto pendiente, tiempos aún no cumplidos, una deuda impaga… Entonces comenzaría la vida. Por fin, caí en la cuenta de que esos obstáculos eran mi vida".

Jennifer, así es como me sentía mientras mi vida daba tumbos hacia adelante. Sé que siempre se me vio alegre por fuera, pero la procesión iba por dentro.

Pasaron 20 años desde que me juré a mí misma una segunda oportunidad, y aún no lo había hecho. Crié a dos hijas maravillosas. Cociné cerca de 10.000 comidas e hice 30.000 camas, colaboré en la escuela, asistí a las reuniones de padres de familia y me comporté como la esposa de un abogado hasta el agotamiento. Pero me había resignado a mi matrimonio con Charles, ¿y sabes una cosa?, ya no creía que era posible una segunda oportunidad.

Esa pequeña cita me conmovió.

Y tal vez me preparó para uno de los momentos más importantes de mi vida.

Sólo tenía 43 años, pero había estado casada casi 26. Mis hijas ya eran grandes, y sentí que mi espíritu empezaba a secarse como un bicho en una tela de araña en un rincón de un cuarto polvoriento. Jennifer, nunca había estado realmente enamorada. Increíble, ¿no?

Tres semanas después de leer esa nota en la biblioteca, conocí a alguien. No voy a decirte cuál es su verdadero nombre, Jennifer. Ni siquiera a ti.

Lo llamaba Doc.

22

Jennifer querida:

Si esto te sorprende aunque sea un poquito, y debería, imagínate cómo me sorprendió a mí. ¡BUM! ¡Sentí que me lanzaban en un cohete a la Luna!

Déjame que te cuente cómo ocurrió. La verdad es que Doc y yo nos tratábamos desde hacía muchos años, pero empecé a conocerlo realmente durante una comida interminable para la Cruz Roja en el Hotel Como. De casualidad, nos sentaron en la misma mesa, y en cuanto empezamos a conversar esa noche, ya no quisimos parar nunca más. No sé cómo decirlo con palabras, pero al poco rato yo irradiaba felicidad. Además, sentía algo otra vez. Creo que el magnetismo que se dio entre nosotros me electrizó la piel. Podría haber hablado con él toda la noche hasta la mañana siguiente. Incluso bromeamos sobre hacer eso precisamente.

Por supuesto, Charles no se dio cuenta de nada.

Recuerdo con nitidez qué llevaba puesto Doc esa noche: un traje de hilo beige, una camisa Oxford azul y una corbata, también azul, pintada a mano. Era delgado y alto; tenía cabellos rubios con vetas plateadas; sin duda, era el hombre más atractivo entre todos los que estaban en ese lugar (al menos, así me pareció). Durante la cena me habló de las estrellas, en especial de un cometa que se acercaba a nuestro universo y que no volvería hasta dentro de 200 años. Sabía muchas cosas, y sentía pasión por la vida, como yo solía sentir y echaba de menos desde hacía tiempo.

Teníamos muchas cosas en común, pero, aparte del magnetismo, me sentía cómoda a su lado. Desde el primer momento. Le gustaba escuchar, y por alguna razón me pareció que podía confiarle las cosas más íntimas. Al menos, esa noche, supe que había encontrado mi lugar. Por primera vez en 25 años me sentí yo misma de nuevo. ¿Te lo puedes imaginar? En realidad, espero que no.

Debería explicarte por qué, hasta ahora, no habías oído hablar de Doc. No es su verdadero nombre, pero le venía muy bien (porque, en realidad, no se parece *en nada* a un doctor), y yo quería llamarlo por un nombre que fuera sólo nuestro. Era uno de nuestros "secretos" —uno de tantos, como ya te enterarás—.

Ese verano nos vimos en muchas ocasiones de casualidad y también a propósito como si fuera de casualidad, y creo que ya nos amábamos, incluso antes de que nos atreviéramos a admitirlo. Creo que yo fui la primera en enamorarme, pero a él no le faltaba mucho; y se enamoró tanto y tan profundamente como yo.

Jennifer, sé que todavía estás muy triste por Danny. Lo comprendo muy bien. Y nadie puede decirte cuánto tiempo debes llorar tu pérdida. Sólo te diré una cosa: no excluyas al amor para siempre. Nada me parece más importante que esto: mi querida, querida e inteligente niña. Esta es la razón por la cual te escribo estas cartas.

No le cierres la puerta al amor. Es lo mejor que puede pasarte en la vida.

Ahora, deja de leer. Piensa en lo que acabo de decirte. Estas cartas no sólo son mi vida, Jennifer, también son la tuya.

II

Amor juvenil

23

Me estaba acostumbrando al maravilloso ritmo de vida en Lago Geneva, y me empezaba a gustar mucho más de lo que hubiera imaginado.

Los amigos de Sam me ofrecían todo el apoyo necesario. Habría podido cenar todas las noches en la casa de cualquiera de ellos si lo hubiese querido. En muchos sentidos, eran mis vacaciones de verano. Excepto que, por supuesto, Sam estaba enferma, y no sabía si iba a mejorar.

Temprano, una tarde, estaba sentada en la cocina de Sam, con mi computadora portátil conectada a Internet por medio de un cordón de teléfono negro de los antiguos. La bandeja de entrada de mi correo electrónico estaba llena de cartas de lectores; en la mayoría, me decían que me echaban de menos y esperaban que estuviera bien.

Me encanta esa relación entre mis lectores y yo. Es una de las cosas buenas de mi oficio. De hecho, mi trabajo depende de eso. Si los lectores reaccionan con emoción a mis ideas, compran el *Tribune*. Por eso, hace una hora mi editor y yo decidimos que escribiría desde Lago Geneva; 750 palabras por columna, tres columnas por semana, como siempre. Sólo que completamente distinto.

Encendí la computadora y empecé a darle vueltas a un par de ideas, pero no podía sacarme a Sam de la cabeza. Y pensé en mi mamá, que debía estar ahí, y sin embargo no estaba. Mi mamá, que no debía morir pero murió. Y pensé en Danny, por supuesto. De una manera u otra, él siempre estaba presente. Y entonces dejé atrás el pasado. Tenía que hacerlo.

De repente, unos golpes suaves en la puerta trasera interrumpieron mis pensamientos. Fui a atender y me encontré con Brendan Keller. Hacía un par de días que no sabía nada de él y me sorprendió verlo en ese momento.

Sonrió y preguntó:

—¿Puedes salir?

24

—Está bien —dije, para sorpresa de ambos. Entonces, antes de que ninguno de los dos pudiera arrepentirse, salí de la casa. De todos modos, no tenía ganas de escribir, o, más bien, de quedarme adentro mirando fijo la pantalla en blanco.

—Un batido de chocolate doble espeso —propuso Brendan, y supe de inmediato qué tenía en mente.

—En "Daddy Maxwell" —dije, y sonreí.

El "Daddy Maxwell's Arctic Circle Diner" era un restaurante local en forma de iglú, de paredes blancas, donde se servía comida chatarra, pero con gran estilo. Tenía marquesinas con rayas azules, y compensaba su falta de elegancia con platos muy buenos. Estaba a sólo tres kilómetros de la calle Knollwood, así que llegamos en menos de tres minutos.

Nada había cambiado desde la época en que éramos niños y, al parecer, el Maxwell's seguía siendo el lugar de moda. Nos sentamos junto a una ventana y llamamos a Marie, la nueva y alegre mesera del "Daddy Maxwell's". Tomó nuestro pedido y desapareció en la cocina.

En menos de diez minutos pude ver, por encima de mi hamburguesa macrobiótica, el plato de Brendan: había pedido la especialidad del día, además del batido de chocolate espeso. La especialidad era una magnífica *omelette* sureña hecha con tres huevos, acompañada de cebollas asadas a la parrilla, papas fritas "prohibidas" y queso *cheddar*.

—Eres *médico* —le dije.

—Sólo se vive una vez —respondió Brendan, sonriendo burlón—. Sé un poco audaz, Jennifer. Date un gusto. La *omelette* y el batido.

Me reí, acerqué mi tenedor a su plato y me llevé a la boca un pedazo de la humeante *omelette*. Luego otro.

Y un sorbo del batido de chocolate espeso.

Luego, Brendan pidió para mí otra *omelette* y otro batido.

—De todos modos, estás demasiado flaca —comentó; fue uno de los cumplidos más encantadores que había oído en ese tiempo.

Estuvimos un buen rato comiendo, y luego pedimos café. Yo misma me sorprendí de lo mucho que me estaba divirtiendo. Nos pusimos al día con las cosas más importantes de los últimos 25 años. Le conté detalles acerca de Danny, pero él ya sabía todo. Brendan habló acerca de su divorcio, hacía un año y medio: su esposa lo engañaba con un colega del estudio jurídico en donde trabajaba.

—Imagínate, *ma belle* Michelle se había involucrado con alguien de la oficina —dijo—. Con lo adicta al trabajo que era... que es. No importa.

Asentí con la cabeza. Me sentí culpable al recordar que Danny también me llamaba adicta al trabajo, y que tenía razón al respecto. De pronto me embargó una enorme tristeza. Brendan se dio cuenta y me tomó de la mano. Le dije que estaba bien. Retiré la mano, por reflejo. Así que, quizá, no estaba tan bien.

—Tengo que volver —le expliqué.

—Por supuesto —asintió Brendan—. Vamos.

Una vez en el automóvil, le dije a Brendan que tenía otra fecha límite y que estaría trabajando hasta entrada la noche.

—Entiendo —dijo, y sonrió—. ¡Esfúmate!

—No, no, nada de eso —respondí—. Es que, bueno… ¡Esfúmate!

Y soltó la carcajada.

Nos despedimos en la zona de estacionamiento del jardín de Sam, y enseguida salí a correr durante unos 20 minutos por las sinuosas calles de Knollwood. Todavía peso 58 kilos, como en la universidad, y quiero mantener ese peso, aun cuando Brendan diga que estoy demasiado flaca.

Pensé en él mientras corría. Era bastante gracioso. Y, sin duda, inteligente. Además, prestaba atención cuando le hablaba, cosa que la mayoría de los hombres no suele hacer. Pero tenía que haber secretos, problemas y *cargas*. ¿Qué estaba haciendo, realmente, en el lago? ¿Todavía no se había recuperado del divorcio? A decir verdad, era demasiado atractivo, encantador y amable como para estar solo en este lugar.

Cuando volví a la casa, me quedé un rato bajo la ducha, tratando de calmar mi mente hiperactiva con el chorro de agua caliente. Luego me puse unos pantalones cortos y una camiseta sin mangas, preparé té helado y me llevé algunas cartas de Sam al porche.

Me senté en el suelo con las piernas cruzadas y, mientras me acompañaba la luz del sol, abrí otro de los sobres que tenía mi nombre escrito en letras grandes.

Querida Jennifer:

Cuando eras pequeña, y tan adorable y dulce al punto de empalagarme, solías llorar al final del verano. Todos los años. Hasta que se me ocurrió una idea para hacerte sentir mejor.

El último día de verano te daba un enorme tarro de mayonesa y te mandaba a la orilla para que te llevaras a casa "un pedazo de playa".

Sé que recordarás con cariño aquellas piedras negras y grises, del tamaño de un puño, que encontrabas durante tu paseo, descalza, por la orilla. Y los guijarros redondos y opacos que el lago varaba en la costa. Y, por supuesto, la arena y el agua fría y transparente del lago. Era fascinante observarte cuando tratabas de meter el verano entero dentro del tarro de mayonesa.

Una mañana, a fines de agosto, después de muchos intentos —"Abuela Sam, ¿ya está lleno?"— te diste cuenta de que la mejor manera de guardar tu tesoro era poniendo las rocas primero. Luego, los guijarros y las caracolas se acomodaban en los espacios entre las piedras grandes.

Así, cuando el tarro parecía estar lleno hasta el tope, aún podías agregarle un poco de arena.

Y, por fin, cuando parecía que ya no quedaba lugar para nada más, hundías el tarro en el lago y llenabas tu "playa" de agua. ¡Qué niña tan inteligente!

Y yo te dije, Jenny, que vivir era como meter la playa dentro de un tarro. No se trata de incluirlo todo, sino de prestar atención a las cosas importantes primero —las piedras grandes y bellas; las personas y las experiencias más valiosas— e introducir a su alrededor las menos significativas.

De otro modo, las mejores cosas tal vez se queden afuera.

He estado pensando en las piedras grandes y en cómo han cambiado mis prioridades con el pasar de los años. Antes, lo más importante para mí era complacer a los demás, a tu abuelo y a mi suegra, por ejemplo; o ir a cenas y mantener la casa tan limpia que aprobara la inspección militar de mi marido, por poner otro ejemplo.

Ahora, que me doy gustos a mí misma, tengo otras prioridades. La gente a la que quiero. Mi salud. Obtener lo mejor de cada día. El actor Danny Kaye solía decir: "La vida es como un enorme lienzo en blanco: arroja sobre él la mayor cantidad de pintura que puedas". Me gusta esa idea. Es más, trato de vivir de acuerdo con ella, siempre que puedo.

Me levanto muy temprano casi todas las mañanas para ver la salida del sol. Coloco capullos de flores en montones de pequeñas botellas alrededor de la casa, de manera que puedo verlos florecer por todas partes. Doy maníes enteros a los pájaros, porque les encanta la comida que les traigo envuelta, y no me canso de observarlos cuando tratan de meterse en el pico más de un maní al mismo tiempo. Leo libros buenos, *sólidos*, y si no puedo dormir, arrojo un par de leños al fuego y releo capítulos.

Y hay otra cosa que me encanta hacer. Una vez al mes, cocino una enorme fuente de pasta con salsa de tomate e invito a mis amigos que viven solos a una cena informal. A ellos les gusta la comida casera y la compañía. Nos reímos bastante, ¡y no hablan mal de mí cuando regresan a su casa!

Si acaso quieres saberlo, Doc siempre viene a estas reuniones. Sólo que los demás no saben que él es Doc.

26

Querida Jen:

Quiero compartir contigo algo muy gracioso.

Acabo de regresar de una visita al pueblo y me he dado cuenta de que tenía el dobladillo de la falda enganchado en el elástico de mis panties. Y así quedó durante toda la tarde que estuve en el pueblo. Fui al almacén, a la ferretería, a "Daddy Maxwell's". Nadie me dijo nada. *¡Para morirse de risa!* Aquí va un pensamiento, Jenny, que me gusta mucho, y me tomó un buen tiempo entenderlo. No esperes a reírte en el pasado de lo que puedes reírte en el presente.

Nada es tan malo como parece al principio. ¡Relájate un poco, querida! Eres muy graciosa en tus columnas del *Chicago Tribune*, pero me parece que deberías reírte un poco más en la vida real. Leí en alguna parte que la risa libera en el cerebro ciertas sustancias químicas placenteras. ¡Te hacen sentir bien y es gratis!

Me reí con la carta de Sam, pero, de pronto, ya *no* me reía. Las lágrimas me corrían por las mejillas. La echaba tanto de menos, casi no podía soportarlo. No era suficiente ir a visitarla al hospital dos veces al día. Al leer sus cartas sentía la necesidad de oír el sonido de su voz, aunque fuera una vez más. Tenía que hablar con Sam sobre tantas cosas.

Como ¿quién era Doc? ¿Lo conocía? ¿Estaba vivo todavía? Y si lo estaba, ¿no iría a visitarla al hospital? ¿Lo había visto allí?

Me acordé de los veranos en que trataba de meter el lago Geneva dentro de un tarro de mayonesa cuando tenía más o menos cinco años. Pero que Sam no sólo lo recordara, sino que además lo considerase tan importante, me había conmovido y dejado sin habla.

Caminé hacia el lago y levanté con el pie una piedra negra muy bella, con bordes ásperos. La llevé a la casa y la puse sobre el correo acumulado de Sam en la mesita ratona.

Justo al lado de mi computadora portátil, que zumbaba con suavidad, en espera de que yo empezara a escribir.

Tienes que trabajar, Jennifer.

Lo primero que hice fue borrar la columna que escribí esa mañana. Se me había ocurrido otra idea, pero me pasé un buen rato sin saber por dónde empezar.

Al fin, escribí:

La última vez que vi a mi abuela Sam en su casa de Lago Geneva fue cuando me despedí de ella después de un maravilloso fin de semana largo por el Día del Trabajo.

A Sam se la veía saludable y contenta, pero cuando me abrazó, tuve la sensación de que estaba preocupada por algo y que quizá no sabía cómo decírmelo. Pasó el momento y no le pregunté de qué se trataba.

Subí al auto y toqué la bocina a modo de despedida al salir del camino de entrada. ¿Cómo iba a saber que la próxima vez que viera a mi abuela, ella estaría en coma y que tal vez nunca más podría hablar conmigo?

Mientras armaba mi columna, el día se fundió en la noche. A la una de la mañana todavía estaba escribiendo y reescribiendo acerca de lo afortunada que era por el hecho de que Sam hubiese puesto sus pensamientos en papel para que yo pudiera leerlos. ¿Cuántos de mis lectores habían tenido tanta suerte? ¿Cuántos de nosotros conocíamos las verdaderas historias de nuestros padres y abuelos? ¿Cuántos de nosotros compartimos la historia de nuestra vida con nuestros hijos? Qué pérdida para los jóvenes si no lo hacemos. ¿No somos acaso nuestras propias historias?

Escribir la columna era como desenredar ovillos de lana. Tiraba de un pensamiento y las palabras surgían sin tropiezos en líneas parejas y desenmarañadas. Me pasé completamente el límite de 750 palabras en el primer borrador y tuve que cortar y reescribir y volver a cortar.

Cuando me pareció que el artículo había quedado bien, lo terminé con un pedido a mis lectores: que me contaran historias sobre sus seres queridos. Ya me estaba anticipando al correo que recibiría, las historias que tendría el privilegio de leer y los secretos de familia que mis lectores compartirían conmigo.

A las dos de la mañana, justo antes de quedarme ciega por mirar fijo la pantalla de la computadora, presioné el botón ENVIAR. Un microsegundo después, mi historia estaba en el correo electrónico de Debbie en el *Chicago Tribune*.

Después me fui a la cama y lloré en la almohada. No estaba triste en absoluto. Era tan bueno sentir intensamente y a la vez encontrar las palabras adecuadas para poder expresarlo.

¿No somos acaso nuestras propias historias?

28

A la mañana siguiente me desperté emocionada y contenta. Había escrito mi columna —Pensé que era de las mejores que había escrito— y tenía el resto del día libre. ¡Hurra!

Mi traje de baño azul seguía en el fondo del bolso de lona, donde lo había puesto cuando lo preparé en Chicago. Me puse el traje de una pieza de escote bajo y me ocupé rápidamente de algunas tareas de la casa. Luego hice algo inesperado. Fui a buscar a Brendan.

La casa de su tío brillaba bajo el sol matutino; la luz se reflejaba en todos los ventanales. Detrás de la casa, el lago resplandecía, en total calma.

Toqué a la puerta de la cocina, pero no hubo respuesta. Por fin, me puse las manos alrededor de los ojos y miré por la ventana.

Creo que me decepcioné un poco, supongo, porque Brendan no estaba y yo quería salir a jugar.

Entonces lo vi por la ventana de la sala, y cuando miré con atención, me quedé perpleja. Brendan estaba de rodillas sobre la alfombra, con las manos juntas.

Estaba rezando.

29

Me di vuelta, avergonzada, me alejé del porche y crucé el jardín con la esperanza de pasar inadvertida. De pronto, oí que la puerta de la cocina se abría y se cerraba. Miré hacia la casa y vi venir a Brendan hacia mí. ¡Ay, no! ¡Me *sorprendió*!

—¡Hola, Jennifer! Me pareció que alguien tocaba la puerta. ¿Quieres ir a nadar? —dijo en voz alta.

—Eh… Sí, claro —respondí.

Me lanzó una sonrisa… Perfecta, y sin ningún rastro de timidez. Luego gritó uno de esos tontos desafíos como que el último en llegar era cola de perro, y salió corriendo hacia el lago.

Así que hice lo primero que se me pasó por la cabeza: corrí detrás de él. Atravesé el jardín y los nueve metros del muelle pintado de blanco, y cuando llegué al final, salté con todas mis fuerzas al agua. Sólo se trata de hacerlo y no pensar, ¿verdad?

Caí sentada al lago, salí a la superficie y empecé a nadar detrás de Brendan, que se dirigía hacia una boya a 50 ó 60 metros hacia adentro. Traté de ganar la carrera, pero Brendan nadaba muy bien, y dicho sea en su honor, me ganó de lejos.

Nos aferramos a la boya que tambaleaba por culpa de una lancha a motor muy ruidosa que pasaba zumbando por el lago. Miré a Brendan a través de mis pestañas húmedas. Yo nado muy bien, pero los cigarrillos que había fumado en los últimos meses no ayudaron a mejorar mi tiempo, y el estilo libre de Brendan era impresionante.

—Podrías haberme dejado ganar —le dije—, o al menos, no dejarme tan atrás.

Se encogió de hombros.

—En este país creen que ganar es más importante de lo que es. De todos modos, fue una buena carrera.

—Tienes razón —admití—, y subestiman las mañanas en el lago.

La temperatura del agua era perfecta, y el sol me calentaba los hombros y la cara.

—Ahora empiezo a recordarte *en serio*, Scout. Te creías una maravilla y eras muy segura de ti misma.

¿De veras? Debo de haberlo engañado en esos días.

—Todavía me lo creo y todavía lo soy —le respondí, tirándole agua a la cara—. Ey —le sonreí, mirándolo a los ojos—, se me acaba de ocurrir una idea.

Brendan pareció confundido un instante.

—¿Para otra columna?

—¿Quieres salir a navegar? —le pregunté.

—¿Tú? ¿*Navegar*? ¿No era que tenías mucho trabajo?

—En realidad, acabo de escribir una de mis mejores columnas en mucho tiempo.

—¡Champagne! —exclamó Brendan.

—Calma, todo a su tiempo.

Estaba empezando a descubrir a Brendan. Se había convertido en una persona muy agradable… interesante, divertido y sencillo, por lo que podía ver. No sólo me animó a hablar sobre Sam todo lo que quisiera, sino que era considerado en muchos sentidos. Por ejemplo, había preparado sándwiches para nuestro encuentro improvisado y había traído una gorra con visera para que no me quemara bajo el sol.

Enseguida me di cuenta de que los años pasados en Indiana, sin acceso al mar, no habían disminuido sus habilidades de marinero. Equipó el *scow* de su tío en apenas diez minutos y lo sacó del muelle al primer intento.

Los *scows* son un tipo especial de velero de fondo plano, muy rápidos e inestables; esto lo sabía bien, pues había pasado todos mis veranos navegando, de un extremo al otro, los once kilómetros del lago en el velero de mi abuelo, que medía más de cuatro metros de largo. Brendan se ocupó de la vela mayor mientras yo me hacía cargo del foque, y lo hacíamos con movimientos bien sincronizados, como si hubiéramos navegado juntos toda la vida.

Era un día maravilloso para salir al lago. El viento

fresco soplaba bajo el sol brumoso, y la temperatura del aire no pasaba de los 25 grados.

Brendan hizo un comentario acerca de las hermosas casas construidas en la orilla del lago. Hacía tanto tiempo que no las veía, que las miraba como si fuera la primera vez. El rugido de una *jet ski* interrumpió de golpe sus agradables pensamientos; dos adolescentes empezaron a dar vueltas en círculo a nuestro alrededor, lo que terminó por inundar el bote. Traté de sostenerme de la soga del foque y Brendan, del lado más alto, pero era demasiado tarde.

El velero zozobró y ambos caímos al agua.

—¿Estás bien? —oí mientras salía a la superficie.

—Bien. ¿Y tú?

—Sí. No te preocupes. Memoricé la patente del maldito.

Solté una carcajada mientras Brendan enderezaba el velero y me ayudaba a subir. En pocos minutos seguimos con el paseo; completamente mojados, pero ilesos. El resto de la tarde transcurrió de modo muy placentero y tranquilo. Navegamos hasta los Estrechos, pasando por el Country Club de Lago Geneva y Black Point, una excéntrica "cabaña" de verano de trece habitaciones construida a fines del siglo XIX. Cuando ya no pudimos aguantar más el sol y el viento en la cara, volvimos a Knollwood Road para cambiarnos de ropa.

Brendan me invitó a cenar.

Y yo acepté.

Tenía en el placard el vestido perfecto: un camisero negro suelto que resaltaría la piel sonrosada por el sol. *Esto no es una cita*, me dije a mí misma mientras me maquillaba (pero no demasiado). *Es un reencuentro. Una charla entre dos viejos amigos.*

—¡Guau! ¡Qué bien te ves! —exclamó Brendan cuando vino a buscarme para... lo que sea que íbamos a hacer.

—¡Qué bien te ves tú! —le respondí. Llevaba jeans ajustados, un suéter de cashmere azul y mocasines, sin medias, y lucía bronceado.

—Soy el típico vagabundo de la playa —dijo, y me guiñó el ojo.

—Te ves divino.

—Debe ser por los mocasines —se burló.

Cenamos en la terraza en el muelle de una elegante hostería, con una vela chisporroteando en el medio y el ruido del lago golpeando contra los pilotes. Mientras conversábamos sobre los tiempos pasados ante una deliciosa pechuga de pato a la brasa y arroz silvestre, Brendan hizo un comentario acerca de sus padres y me preguntó por los míos. Le dije que no vivía ninguno de los dos.

—Sólo quedamos Sam y yo —dije.

—Lo siento mucho por tus padres. Y por todo lo que te está pasando.

—Estoy bien. De todos modos, aquí estamos, de nuevo en el lago.

Cuando sirvieron el café, ya habíamos pasado a temas más superficiales. Hicimos bromas y nos reímos, y me sorprendió que todavía coincidiéramos en tantas cosas. Esperaba silencios incómodos durante la conversación, pero casi no hubo ninguno. Mi actitud cautelosa ocasionó los pocos que se dieron.

Entonces terminó la cena y llegó la hora de volver a casa. Fue en ese momento cuando me di cuenta o, mejor dicho, acepté que *había sido* una cita. A decir verdad, la mejor que había tenido en mucho tiempo.

32

Aunque por cierto no lo planeamos de ese modo, Brendan y yo pasamos casi todo el día juntos. Y entonces se dio un momento incómodo en la puerta de mi casa. Había tan poca distancia entre nosotros que podía oler el perfume de su agua de colonia. *Tengo que acabar con esta tontería ahora mismo*, pensé. *Es lo mejor para ambos.*

Me quedé atónita cuando se me cruzó esa idea por la cabeza. Luego deseché cualquier fantasía capaz de conducirme al tipo de problemas que no podía manejar, y me alejé de Brendan.

—Bueno, te invitaría a pasar a tomar un café —le dije— pero tengo que empezar a escribir mi columna de mañana.

—Está bien —respondió Brendan. Pero se sentó en uno de los escalones del porche, sin la menor intención de irse—. Ven a nadar conmigo o siéntate a charlar un rato más. Lo que quieras. Pero no trabajes esta noche. No tienes que trabajar. Vamos, Jenny. Relájate un poco.

Las palabras *Jenny, relájate un poco* no me gustaron nada. Pero me sorprendió que las dijera. Sam había escrito casi lo mismo en una de sus cartas.

—Está bien —dije—. Pero nunca me vuelvas a decir Jenny. Así me llamaba Danny.

—Lo siento. Apenas lo has mencionado.

—En algún momento lo haré. Quizá. Pero no esta noche —añadí—. Te contaré de Danny cuando pueda, cuando esté lista.

De Danny y de otras cosas.

Pareció confundido, o preocupado.

Me senté en el escalón, al lado de Brendan.

—¿Qué pasa? —le pregunté.

—Ah, no es nada. Sólo quería contarle a alguien que renuncié a mi trabajo —dijo, por fin, mientras se tocaba el labio inferior—. Renuncié hoy.

Eché la cabeza hacia atrás.

—¿Renunciaste a tu trabajo? ¿Por qué? ¿Qué pasó, Brendan?

—Nada del otro mundo. Me cansé de ver sombras en radiografías. Se me ocurrió que había llegado el momento de poner en orden mis prioridades —aclaró, y me lanzó una mirada directa que me capturó por completo.

Desvié la mirada, pensativa. La luz de la luna iluminaba apenas el lago. Las ranas croaban y los grillos chirriaban entre los arbustos. Estábamos sentados muy cerca el uno del otro. Demasiado cerca.

—Tengo que entrar, en serio —le dije. Me puse de pie—. Gracias por pasar el día conmigo. Me divertí mucho.

Brendan también se puso de pie. Tenía un físico imponente, y *era* atractivo. Se inclinó y me besó la frente, lo cual me pareció raro y lindo. Luego me lanzó su mejor sonrisa.

—Buenas noches, Jennifer. Yo también me divertí.

Enseguida me metí en la cama, la misma cama en la que había dormido durante tantos años. Miré fijo el cielo raso y unos pensamientos extraños y conflictivos empezaron a darme vueltas en la cabeza. *Brendan y yo compartimos una noche agradable* —pensé—. *Y ahí termina todo. ¿Por qué? Porque sí.*

Abrí otra carta de Sam.

33

Jennifer:

Al principio, entre Doc y yo no pasó nada que valiera la pena mencionar por escrito. Casi no nos tocábamos, ni siquiera nos atrevíamos a mirarnos por largo rato en el pueblo. Todo era complicado. Su esposa había muerto unos años atrás, pero yo estaba casada, y con hijos, aunque ya eran grandes. Los de Doc aún vivían en su casa. Pero hubo un momento extraordinario durante aquel primer verano que se convirtió en un suceso importante para ambos.

Una noche en que tu abuelo se quedaba a cenar con sus amigos después de un partido de golf (o al menos eso fue lo que me dijo), Doc consiguió, gracias a sus influencias, que nos dejaran entrar en el Observatorio Yerkes. En esa época, el Yerkes era un observatorio exclusivamente científico que tenía el telescopio refractor más grande del mundo y no estaba abierto al público. Durante la noche, no había nadie.

Así que, imagínate, allí estábamos los dos, atravesando el césped en puntas de pie, por momentos tomándonos de la mano, mientras nos acercábamos al complejo de edificios, con las tres enormes cúpulas enmarcadas en el cielo nocturno de verano. Luego subimos las anchas gradas, y entramos en el vestíbulo de mármol más hermoso que he visto en mi vida.

Doc tenía una linterna, y subimos por las escaleras del fondo, siguiendo el rayo de luz, hasta que llegamos a una puerta que daba a la cúpula mayor. Quedé asombrada al ver lo grande que era, casi del tamaño de un estadio. Un telescopio en el centro de la habitación apuntaba, por una ranura en el techo, hacia las inmensidades del cielo color cobalto.

—Mira esto, Samantha. No lo vas a creer —dijo Doc—. ¿Lista?

—Me parece que sí.

No estaba muy segura.

Tiró de una palanca, y el piso —de unos 24 metros de diámetro— empezó a elevarse. De repente, pudimos mirar por el lente fijo del telescopio.

Era viernes, empezaba el fin de semana, y yo sabía que Charles no tardaría en regresar de Chicago. Aun así, Doc y yo nos quedamos por más de una hora en esa cúpula, tan parecida a una caverna. Las estrellas brillaban con luz deslumbrante, como si el universo las hubiera encendido sólo para nosotros. Me dijo que lo que veíamos en el cielo había sucedido, en realidad, cientos de siglos atrás, y luego reconoció lo mucho que había deseado, en secreto, estar a solas conmigo de ese modo.

—Yo también lo deseaba —le confesé. Deseé, recé, tuve mil fantasías, casi a diario desde la cena en la Cruz Roja.

Nos besamos bajo miles de millones de estrellas centelleantes. Luego nos volvimos a besar largo rato y con pasión. Pero eso fue todo. Allí estábamos: dos personas a punto de enamorarnos, pero separadas por mi matrimonio, nuestras familias, pero, sobre todo, por sus hijos, que aún vivían con Doc.

Por fin, me llevó hasta la esquina de la calle Knollwood... y *no* me besó cuando bajé del auto, aunque, ¡Dios, cómo quería que lo hiciera! Entré en la casa y Charles ya estaba durmiendo. Esperaba no tener que inventar alguna mentira, pero no debí preocuparme.

Me quité la ropa en silencio y, cuando me metí debajo de las sábanas, miré la cara de Charles. Para mi sorpresa, no me sentí culpable por mi escapada con Doc esa noche, pero se me ocurrió una idea interesante. Me pregunté si Charles notaría algo distinto en mí por la mañana. *¿Se daría cuenta de que, mientras él dormía, yo había sido feliz?*

34

Cuando contesté el teléfono desde la cama, eran apenas las 6:40 de la mañana, y recibí una sorpresa para la que no estaba preparada. Brendan me dijo al oído:

—Levántate, Jennifer. El lago te llama.

No sabía bien qué hacía, pero empecé a sonreír y me puse el traje de baño. Me sentí como una niña de nuevo, y era agradable. Me sentí libre.

Afuera, me puse a trotar con Brendan, lo que pronto se convirtió en una carrera hasta el lago. Al final, ambos empezamos a lanzar sus extraños gritos de guerra, lo que en ese momento parecía lo más lógico del mundo. El agua estaba helada a esa hora... Maldita sea, estaba congelada.

—Todavía no son ni las siete —murmuré, mientras daba una brazada entumecida de frío a su lado.

—Es la hora perfecta para nadar. Tengo un nuevo mantra: "Vive cada día desde la salida del sol hasta el instante en que ya no puedas mantener los ojos abiertos".

Bueno, ¿quién puede encontrar defectos en una filosofía como esa, considerando que la energía de Brendan *era* contagiosa? Nadamos hasta el muelle de Sam y salimos de un tirón del agua. Se secó, sacudiéndose, y se echó de espaldas en el suelo. Yo hice lo mismo, y, uno al lado del otro, observamos el cielo matutino. *Era* maravilloso, a decir verdad.

—Me hace recordar... —dije.

—O pensar en el futuro —murmuró.

Me di cuenta de que mi lado derecho, desde el hombro hasta el tobillo, rozaba su lado izquierdo. El cuerpo se me estremeció con el contacto, pero no me moví.

Cuando giró la cara hacia mí, evité mirarlo a los ojos. En ese momento me puso la mano en la cintura y me atrajo hacia sí. No me lo esperaba, pero la ola de calor que recorrió mi cuerpo casi derrite mi traje de baño.

Y entonces Brendan me besó en los labios. Un beso largo, bien dado, de veras agradable.

Y yo le devolví el beso.

Y ninguno de los dos dijo una palabra, tal como debía ser.

35

Desde la mañana en que nos besamos, Brendan y yo nos vimos cada vez más seguido. Para decirlo con toda franqueza, yo sabía muy bien de qué se trataba todo esto: un romance de verano dulce y fugaz. Y él también lo sabía, estaba segura. Aún no habíamos "hecho nada", como suele decirse.

Brendan y yo empezábamos nuestras mañanas con una zambullida en el lago, después nos turnábamos para preparar el desayuno, y a veces su tío Shep tomaba parte en el ritual. E íbamos todas las tardes a visitar a Sam; luego yo iba a verla de nuevo, a eso de las siete. Siempre le conversaba, a veces durante horas. Le contaba lo que estaba pasando en mi vida y le hacía preguntas acerca de sus cartas.

Un día, me encontraba fuera de la habitación de Sam mientras ambos doctores, Brendan Keller y Max Weisberg intercambiaban opiniones. Cuando me encontraron en el pasillo, Brendan estaba muy serio. Pero se dio cuenta de que lo estaba mirando y cambió de expresión.

A decir verdad, tenía la esperanza de recibir alguna buena noticia. Quizá creía que por leer las cartas de Sam, y por oírla y verla con tanta claridad en la mente, se mejoraría, tendría que mejorar. Pero entonces pensé: *No va a mejorar. Lo veo en sus ojos. Sólo que no quieren decírmelo.*

—Es una mujer fuerte —dijo Brendan, y me apoyó la mano sobre el hombro—. Sigue resistiendo con fuerza, Jennifer. Debe de haber una buena razón para que lo haga.

Cuando salimos del hospital, Brendan trató de levantarme el ánimo. Me gustaba el hecho de que estuviera atento a mis necesidades, y me di cuenta de que era un buen médico. Entonces, ¿por qué había renunciado a su trabajo?

—¿Te gustaría salir de paseo? Va a ser divertido —me propuso.

Bueno, *era* un día maravilloso para hacer un pequeño viaje. Así que, con los grandes éxitos de James Taylor, Aretha Franklin y Ella Fitzgerald desde el reproductor de CD, tomamos la autopista que bordea Chicago, y llegamos a South Bend, en Indiana, poco antes del anochecer.

Brendan me confesó con un guiño que me esperaba una sorpresa muy agradable. Tenía un amigo que era entrenador de fútbol americano, y nos invitó a ver un partido de entrenamiento de Notre Dame, uno de los grandes del fútbol. Nos sentamos con las piernas cruzadas sobre el césped mientras admirábamos a los mejores futbolistas del país hacer sus jugadas. Nunca me ha gustado el fútbol por televisión, pero el deporte en vivo es completamente distinto. Resulta emocionante. La velocidad de la acción en la cancha era increíble, y también la brusquedad del contacto cuando chocaban los cascos y las macizas hombreras.

Ver jugar al equipo de Notre Dame fue una forma agradable y sorprendente de pasar la tarde, quizá porque se trataba del equipo de Brendan. También era divertido ver dónde vivía, a pesar de que no me mostró su vieja casa ni el departamento que alquiló después del divorcio.

—Es una zona muy alejada; en realidad, un barrio desastroso. Me sentiría avergonzado —me dijo.

Así que regresamos a Lago Geneva sin ver su casa. Un poco raro, pensé, pero no demasiado importante.

Al día siguiente de nuestra aventura en Notre Dame, yo le di una sorpresa a Brendan. Lo llevé al Observatorio Yerkes. No dejaba de encontrar más de una similitud entre él y yo y Sam y Doc, de modo que tenía que llevarlo a ese lugar. Era de día y había una multitud de gente alrededor de la cúpula mayor, pero aun así era un sitio mágico.

Durante todo el tiempo, pensé acerca de lo que había significado para Sam y Doc. Y me preguntaba, ¿quién era él, después de todo? La próxima vez que hablara con Sam, me iba a contar el secreto, como que me llamo Jennifer.

Otra mañana invité a Brendan a dar una vuelta en la lancha del correo, un transbordador de dos cubiertas que navegaba pegado a la costa, y entregaba el correo a las casas ubicadas a orillas del lago. Esa misma tarde, vimos dos películas de acción en el cine del pueblo, una detrás de la otra. También teníamos otra costumbre: después de ver a Sam, al regreso, hacíamos una larga caminata por el sendero que rodea el lago.

Estar con Brendan era, sin duda, lo más parecido a un romance de verano a la antigua: rápido, irresistible y quizás un poco tonto, pero a pesar de todo ambos dábamos la impresión de estar sintiendo lo mismo. Tenía la sensación de que Brendan también lo necesitaba, pero que, además, mantenía cierta distancia, como precaución para que no se volviera demasiado serio.

Incluso le pedí que habláramos del asunto mientras estábamos repartiendo el correo en el transbordador de Hank Mischuk.

Pero Brendan sólo se rió.

—Soy un libro abierto. Tú eres la mujer misteriosa.

Y entonces, un día pasó la cosa más extraña. ¡No entregué mi columna! Era la primera vez que lo hacía, o que *no* lo hacía, más bien. Le pedí disculpas a Debbie y le prometí compensarla de alguna manera, pero, por dentro, estaba radiante. Algo empezaba a cambiar. Quizás estaba viviendo "desde la salida del sol hasta el instante en que se me cerraran los ojos".

Esa mañana, en el hospital, le conté todo a Sam, y aunque no dijo ni una sola palabra, supe —al menos así lo sentí— qué deseaba ella que yo hiciera después. Lo mismo que Sam hubiera hecho.

36

Cerca del atardecer, Brendan y yo estábamos sentados en el borde del muelle de Sam. Yo jugaba con los pies en el agua, y Brendan también.

Era hora de que le contara algunos de mis secretos. Me sentía capaz de hacerlo.

—Ocurrió en una playa de Oahu —hablé en tono bajo y suave—. A Danny le gustaba el atractivo de las grandes ciudades, así que, de haber sido por él, hubiéramos tomado las vacaciones en París o tal vez en Londres. Decidimos ir a Hawai porque *yo* quería ir allí.

Suspiré y recuperé el aliento.

—A último minuto, me vi envuelta en una historia importante sobre un secuestro, de modo que Danny partió antes que yo. Dos días después, por fin salí de Chicago —continué—. Esa misma tarde, Danny salió a correr por la playa…, solo, por supuesto.

Brendan me miraba fijo mientras yo hacía esfuerzos por encontrar las palabras de alguna manera.

—No es necesario que lo hagas, Jennifer —dijo Brendan, finalmente.

—Sí, lo es. Tengo que hacerlo. Necesito quitármelo de encima y quiero, Brendan. Quiero contártelo a ti. Ya no deseo ser la mujer misteriosa.

Brendan asintió y me tomó de la mano. Algo había pasado entre los dos en las últimas semanas; había llegado a confiar en Brendan mucho más de lo que me hubiera imaginado. Era mi amigo. No, era mucho más que eso.

—Era un atardecer bellísimo en la playa norte de

Oahu, un lugar llamado Kahuku. He leído todos los informes meteorológicos y los del accidente. Danny se quitó la camiseta y corrió hacia el oleaje, que estaba picado, pero era un atleta y un buen nadador. Le encantaba tratar de superarse hasta donde le fuera posible. Uno de sus dichos favoritos era: "¡Vamos, Jenny, no te quedes atrás!". Siempre me estaba incitando para que no me quedara atrás.

Sentí que se me deslizaban las lágrimas por las mejillas. Realmente, no quería llorar. No delante de Brendan.

—Era una buena persona, amable, atento... y había tantas cosas que él aún quería hacer —me empezó a temblar mucho la voz; no sabía si iba a poder terminar lo que había empezado—. Lo quería tanto... *Veo* cada minuto de lo que ocurrió en Hawai. Esta horrible pesadilla recurrente que suelo tener. Hace un año y medio que *veo* morir a Danny una y otra vez. Me llama. Con su último aliento pronuncia mi nombre.

Me callé para poder controlarme. Me di cuenta de que estaba apretando con fuerza la mano de Brendan.

—Fue culpa *mía*, Brendan. Si hubiera ido a Hawai cuando debía ir, Danny hoy estaría vivo.

Brendan me tomó de la mano.

—Está bien, está bien —susurró, con voz suave y amable.

—Hay más —dije en voz tan baja que apenas podía oírme a mí misma—. Cuando regresé a Chicago, no podía dejar de llorar y pensar en lo ocurrido. Sam vino a acompañarme. Me cuidó con tanto cariño, Brendan.

No pude hablar por unos instantes. Pero había llegado hasta allí, ¿no es cierto?

—Estaba en mi baño. Sentí un terrible dolor y enseguida caí doblada al suelo. Grité y Sam vino corriendo.
Supo de inmediato que yo había sufrido un aborto. Me
tomó entre sus brazos y lloró conmigo. Perdí al bebé.
Perdí a nuestro bebé. Brendan, yo estaba embarazada,
y perdí a nuestro pequeño "Pulgarcito".

37

Brendan me abrazó durante largo rato en el muelle. Luego tenía que ir a desearle las buenas noches a Sam, así que conduje el automóvil hasta el centro médico a eso de las ocho y media. Brendan se ofreció a acompañarme, pero le dije que me sentía bien. Le llevé a Sam rosas de su jardín.

—Sam, despiértate. Mira —le dije—, tienes que ver tus rosas. Y necesito hablar contigo.

Pero no me respondió de ninguna manera. Ni siquiera podía oírme. ¿O sí?

Puse las flores en una jarra de loza en el alféizar de la ventana y las moví hacia arriba y hacia los costados, con pequeños toquecitos, hasta que me pareció que habían quedado perfectas.

Volví al lado de Sam.

—Te estás perdiendo lo mejor. Están pasando muchas cosas, Sam.

Se la veía pálida y marchita, nada bien. Nunca había estado tan preocupaba por ella y temía perderla. Cuando iba a ver a Sam, en cada visita, tenía miedo de que esa fuera la última vez.

Acerqué una silla a la cama.

—Tengo un secreto que quiero contarte —le susurré—. Sam, en el lago hay alguien que me gusta. Estoy haciendo todo lo posible para que no me guste demasiado. Pero es tan dulce: es inteligente, en el buen sentido. Incluso tiene sus buenos músculos. Ya sé, ya sé, muy rara vez se ven esas tres cualidades juntas en un hombre.

Hice una pausa para que Sam asimilara las novedades.

—Lo llamaré Brendan. Ja, ja. Porque ese es su nombre. También podría llamarlo *Doc*. Da la casualidad de que es doctor. ¿Recuerdas que cuando yo era una niña muy pequeña, solía seguir a Brendan Keller por todas partes? Bueno, ya creció. Confío en él ciento por ciento, Sam. Le conté sobre Danny y sobre el bebé. No sé cuánto le gusto. Quiero decir, sé positivamente que le gusto, pero se mantiene un poco distante. Supongo que los dos hacemos lo mismo. ¿Ya te confundí? Yo lo estoy.

Por fin dejé de hablar y tomé la mano de Sam. Empecé a jugar ese juego en el que uno piensa algo y finge que el otro puede oír sus pensamientos.

Necesito que conozcas a Brendan, Sam. ¿Harías eso por mí? Sólo por esta vez.

38

—Sabes muy bien que esto es absolutamente irreal... me refiero a la vida que estamos llevando en el lago este verano —dijo Brendan, y sonrió.

La noche siguiente regresábamos en el automóvil a casa después de comer en la hostería de Lago Geneva. Llovía a cántaros y el agua cubría el parabrisas casi por completo. Estuve a punto de pedirle que saliéramos al costado del camino.

—Fue idea tuya... cada momento desde la salida del sol hasta el instante en que ya no puedas mantener los ojos abiertos. Esas fueron *tus* palabras —le respondí.

Al llegar a la casa de Sam, corrimos a través de los charcos del jardín hasta el ala protectora del porche delantero. Abrí la puerta de un tirón.

—Espera aquí. Voy a buscar toallas —dije, y entré antes que él.

Mientras iba al armario de ropa blanca, la lámpara de una mesa se apagó. Olí a quemado. Ajá.

Empujé el sillón de la pared con la cadera y vi un trapo blanco y fofo tirado en el rincón.

Era Euphoria.

Algo le pasaba a Euphoria.

—Brendan, ven pronto —llamé, y enseguida estuvo a mi lado. Levantó a la gata y la tendió con delicadeza en medio de la alfombra. Lo que vi me provocó náuseas. La piel alrededor del hocico de Euphoria estaba chamuscada y llena de sangre. Y entonces me di cuenta de que no respiraba.

—Dios mío, ¿que le ha pasado?

—Parece que mordió un cable de electricidad —respondió Brendan. Colocó dos dedos en la parte interior de la pata trasera izquierda.

—Ha sufrido un paro cardíaco. La pobrecita no tiene pulso.

Amaba a esa gatita; la había rescatado del depósito municipal poco después de la muerte de Danny. Euphoria no era sólo una gata para mí. La quería mucho. Me aferré al brazo de Brendan.

—¡Por favor! ¿Puedes ayudarla?

Respiró hondo.

—Bueno, escúchame. Cuando yo te lo diga, presiona justo *aquí*. Cinco veces.

Brendan puso a Euphoria de costado. La gata no hizo ningún movimiento, ni emitió ningún sonido.

Entonces, Brendan le abrió las mandíbulas y se inclinó para acomodar su boca a la de ella. Le sopló un poco de aire a los pulmones.

F*ff*.

—Hazlo ahora —me dijo—. Presiona, Jennifer.

Presioné el lado izquierdo del tórax de Euphoria, masajeándole el corazón y rezando con el mío. Entonces, Brendan me hizo una seña para que me detuviera. El corazón me latía con violencia, en forma atronadora.

Se inclinó sobre ella y respiró dentro de su boca por segunda vez. F*ff*. Y presioné de nuevo. Brendan trabajaba con total dedicación. Se comportaba como un médico delante de mis ojos.

Y en ese momento fui testigo de un milagro. *Sentí* que Euphoria volvía a la vida bajo mis propias manos. Se estremeció y tosió. Entonces abrió sus bellísimos ojos verdes y me quedó mirando. Sus ojos estaban llenos de amor. Ahora respiraba por sí sola.

Por fin, se levantó tambaleándose y dijo: "Yeauu".

La levanté con un brazo y la besé. Pasé el otro brazo por el cuello de Brendan y lo besé. Lo abracé con fuerza, aplastando por poco a Euphoria entre los dos.

—La salvaste —susurré.

Brendan se relajó por completo; se le veía la satisfacción en la cara. En ese momento dijo algo increíble:

—Debes saber que te amo, Jennifer. Acabo de darle el beso de la vida a una gata.

Lo miré a los ojos con total asombro… Brendan había dicho *te amo*.

Tenía la sensación, en esos días, de que el verano pasaba demasiado rápido. Había llegado, una vez más, la "hora mágica", el momento favorito de ambos para sentarnos en el muelle de Sam. Brendan y yo estábamos sentados juntos, con los pies colgando sobre agua, inclinados uno sobre el otro. De pronto noté que Brendan tenía la mirada fija en el lago, absorto en sus pensamientos, quién sabe dónde.

—¿Estás bien? —pregunté. Sabía que lo estaba, por supuesto. ¿Cómo podía no estarlo?

—Yo… este… —respondió. Y luego no dijo nada más.

—¿Tú te has quedado sin palabras? No puedo creerlo. No lo creo. Tú… este… ¿qué? —bromeé.

Pero esta vez no respondió a mi broma. ¿Qué estaba pasando? ¿También le había llegado la hora a Brendan de compartir sus secretos? ¿Confiaba lo suficiente en mí?

—Tengo que decirte algo, Jennifer.

Moví el hombro de modo que ya no tocaba el suyo. Ahora podía verle mejor la cara. Brendan apartaba la vista.

—¿No irás a decirme que todavía estás casado? —pregunté, y no me gustaron nada esas palabras cuando salieron de mi boca.

En ese momento, me miró.

—Estoy divorciado, Jennifer. No se trata de eso… El problema es que cuando nos conocimos hace unas semanas, ni se me pasaba por la cabeza que algo así podía ocurrir. ¿Quién se lo hubiera imaginado? No tenía idea de que había alguien como tú en el mundo.

—¡Qué pena, compañero! —exclamé—. Lo lamento por ti.

Pero Brendan no se rió. En realidad, parecía preocupado. Algo muy poco común en él. Ah, ya lo capté. Se estaba enamorando de mí.

—Pero…

Tenía el presentimiento de que no me iba a gustar ese "pero". Estaba tan segura, que me quedé fría.

—¿Pero *qué*? —pregunté.

40

No contestó a mi pregunta de inmediato, y por dentro se me revolvía el estómago. Ignoraba lo que estaba pasando, pero sabía que no era algo bueno. Brendan no quería o no podía mirarme a los ojos, y nunca antes se había comportado de esa manera.

—Brendan, ¿qué pasa?

—Esto va a ser difícil. Me parece que voy a tener que empezar por el principio —dijo, suspirando.

—Está bien —respondí—. Pero dime qué pasa.

Alargó la muñeca.

—¿Te mostré esto alguna vez, Jennifer?

Era un Rolex precioso. Por supuesto que lo había notado antes, pero él no me había dicho nada acerca del reloj.

—No parece algo que usarías tú… Es muy elegante —señalé.

—Me lo regaló un amigo que vivía al lado de mi casa en Indiana. Se llamaba John Kearney. John enseñaba en la Universidad de Notre Dame. Un tipo muy, muy agradable. Tenía cuatro hijos, todas mujeres. Solíamos ir juntos al fútbol, y una vez al mes jugábamos tenis. Cuando cumplió 51 años fue a ver a su médico por una tos ligera, y regresó con una radiografía que mostraba una enorme mancha en el pulmón —dijo Brendan—. Me la enseñó. Después de ver la placa llevé a John a la Clínica Mayo, donde hice mi residencia. Logré que lo viera un cirujano de primera. Un oncólogo. Jennifer… Seis meses después, John pesaba 55 kilos. No podía comer ni levantarse de la cama. Sufría de dolores constantes y no mejoraba.

Brendan me miró a los ojos. Su profunda tristeza me conmovió. Yo había pasado por ese trance, quizás aún lo estaba pasando.

—Iba a llevar a John para que le hicieran otro tratamiento de radiaciones, pero se negó rotundamente. Me dijo: "Basta, Brendan, por favor. Te estimo mucho y sé que tienes buenas intenciones. Pero la vida ha sido generosa conmigo. Tengo cuatro hijas maravillosas. No quiero seguir así. Por favor, deja que me vaya". Le pedí disculpas, lo abracé y luego lloramos juntos. Sabía que tenía razón. No podía modificar lo que ya había hecho, pero mi opinión acerca de las medidas agresivas que tomamos los médicos, sólo porque *podemos*, cambió para siempre. Cuando John murió, me dejó su reloj. Para mí, significa "dedica tu tiempo a las cosas importantes y aprovéchalo al máximo". Así que, cuando vi mi propia tomografía, a principios de este verano, decidí pasar mis días de la mejor manera posible. Lo siento mucho… No sabes cuánto. No me gustan los melodramas, y menos cuando me ocurren a mí. Me estoy muriendo, Jennifer.

Creo que por uno o dos segundos se me puso la mente en blanco. Oí que Brendan decía "mi propia tomografía", pero no sé si comprendí lo que siguió después. Luego añadió, y esto lo oí muy bien:

—No hay nada que puedan hacer por mí. Créeme, agoté todas las posibilidades.

Empecé a sentir un enorme dolor en medio del pecho, o quizá donde *solía estar* mi corazón. Me mareé y sentí náuseas, y no podía creer lo que sabía que acababa de oír. Todo a mi alrededor, en el muelle, se volvió confuso e irreal: el agua a mis pies, mi propio cuerpo, la mano de Brendan sobre la mía. De pronto, fui hacia él y lo estreché entre mis brazos lo más fuerte que pude. Lo besé en la mejilla y en la frente. Me sentí tan increíblemente triste, y vacía.

—Dime cuál es el problema —dije, por fin.

—Bueno, se llama glioblastoma multiforme, Jennifer. Un nombre largo para un cáncer que tengo exactamente *aquí* —se señaló con el dedo la parte de atrás y el costado de la cabeza, justo detrás del oído izquierdo. Me explicó que había estudiado su caso una y otra vez, consultado con expertos en todos lados, incluso en Londres, y que al final siempre llegaba a la misma conclusión—: El único tratamiento para este tipo de cáncer es experimental —me dijo—. La cirugía es una pesadilla. El riesgo de parálisis es muy alto. De todos modos, lo más probable es que no se puedan extirpar las células en su totalidad. El cáncer suele regresar, incluso con radiación y quimioterapia.

Me corrían las lágrimas por las mejillas y sentí un enorme vacío.

—No es cierto —murmuré.

—No sabía cómo decírtelo, Jennifer. Todavía no lo sé —me tomó en sus brazos y dejé que me abrazara. Cuando volvió a hablar, lo hizo en tono bajo y mesurado—. Lo siento, lo siento tanto, Jennifer —estaba tranquilizándome, *a mí*—. Lo siento.

—Ay, Brendan —susurré—, ¿por qué sucede esto?

—Un poco de tiempo para dedicarlo a las cosas importantes. Sólo quería eso —dijo en un suave murmullo—. Por eso tomé la decisión de pasar mi último verano aquí. Y entonces, volví a encontrarte.

42

Brendan y yo no habíamos dormido juntos y ahora quizá podía entender por qué. Fue una de las pocas cosas que comprendí en ese momento.

—No quiero pasar la noche sola —le susurré al lado de la mejilla—. ¿Te parece bien?

Brendan me lanzó aquella sonrisa luminosa tan suya.

—Yo no quería pasar las últimas 34 noches solo.

—¿Acaso alguien lleva la cuenta?

—Sí, yo —respondió.

Le tomé la mano y se la besé.

—*Llevabas* la cuenta.

Me pareció que fuimos del muelle a la cama sin siquiera tocar el suelo. Nos abrazamos en la entrada y juntos en el umbral. Nos besamos durante largo rato, y acepté, de una vez por todas, que me encantaban los besos de Brendan. Luego, nos quitamos la ropa con torpeza y nos dejamos caer en la cama de mi cuarto.

—Parece que el dramón funcionó —dijo en broma.

—Shh. No hagas chistes.

No podía evitarlo.

—Jennifer ¿Eres tú? —preguntó, y los dos empezamos a reírnos de nuevo. En realidad, me encantaba reírme con él, y me encantaba que me hiciera reír.

Pasé las manos por el cabello de Brendan, y lo besé una y otra vez. Me gustaba la sensación de su piel contra la mía. Me gustaba su aroma. Toqué los suaves rizos de su pecho y lo acaricié a lo largo de todo el cuerpo. Estaba absorbiéndolo, conociéndolo. Quería devorar a Brendan, y lo hice, en todas las formas que pude. Ya no podía negar lo que sentía. No quería hacerlo.

Brendan me besó con ternura los senos, la parte hundida del cuello, la boca, los párpados; luego, lo hizo todo de nuevo. Me entregué en cuerpo y alma. Era tan delicado y bueno. Decía mi nombre en voz baja, mientras deslizaba sus manos por mi cuerpo. Lo hacía de manera maravillosa y me ponía la piel de gallina.

—Eres preciosa sin ropa, incluso más de lo que me imaginaba —confesó. Era delicioso oírlo; la palabra precisa en el momento preciso. No creo que supiera lo mucho que necesitaba oír eso. Hacía más de un año y medio que no me acostaba con nadie.

—Tú también —dije.

—¿Soy precioso?

—Sí. Lo eres.

No nos privamos de nada; no hubo timidez, ni nervios por ser la primera vez. Fue como si todo esto tuviese que pasar, como si el destino así lo hubiese querido. Quizá fuera verdad. Poco después, descansamos abrazados, susurrando. No podía dejar de mirar los increíbles ojos de Brendan.

Todo mi miedo había desaparecido, toda la incertidumbre y las dudas. Por fin nos echamos de costado, cara a cara, acurrucados tan cerca que no quedaba espacio entre los dos. Crucé las piernas alrededor de su cintura, y él plegó sus rodillas bajo las mías.

Dormimos así.

Cuando desperté, aún estaba en los brazos de Brendan.

—Para decirlo con franqueza, me gustó —le dije.

—Bueno, está bien: eres una niña… no, eres una mujer hermosa, Jennifer. Me haces tan feliz.

Lo abracé con fuerza, y entonces "rompió el alba" y se filtró por la abertura de las cortinas.

Casi al mismo tiempo, Brendan abrió los ojos, y apareció su increíble sonrisa.

—¡Vamos! —dijo.

¿Cómo podía decirle que no?

Sin ponernos los trajes de baño, corrimos como chiquillos hacia el jardín. Una bandada de patos asustados voló a través de la niebla que se levantaba sobre el lago mientras avanzábamos con gran estrépito por el muelle. Los tablones sonaron y resonaron bajo nuestros pies desnudos.

Lanzamos un grito y nos arrojamos a las aguas cristalinas del lago.

Como si todo anduviera bien en el mundo, en vez de muy, pero muy mal.

Esa mañana visité a Sam y le conté todo, tenía que hacerlo. En el pasado, me hubiera dicho: "Estás muy agitada; cálmate un poco, Jennifer". Pero no podía calmarme: no había tiempo. De todos modos, hablamos —bueno, hablé yo— durante más de una hora.

—Sam, ya no me siento culpable, y no quiero saber por qué. Quizá sea porque Brendan está enfermo. Tengo que intentarlo, tengo que hacer algo. ¿Qué opinas, abuela? Necesito tu ayuda. Ya has descansado bastante.

Pero Sam no me dijo nada, y eso era tristísimo y muy frustrante. Toda mi vida me había dado su apoyo.

Esa misma mañana, más tarde, me encontré con Max Weisberg. Necesitaba una segunda opinión, y no tenía nada que ver con Sam. Quería hablar con Max acerca de Brendan.

El delicioso aroma de los macarrones y el café recalentado me condujeron hasta la cafetería del hospital, un establecimiento de estilo clásico con mesas de fórmica y una imponente vista al estacionamiento. Llené un vaso descartable con café y azúcar, y vi al doctor Max sentado a una mesa junto a la ventana.

Me había encontrado con Max tantas veces en las dos últimas semanas, que ya no me intimidaba. En realidad, parecía bastante joven, sentado frente a mí en su guardapolvo de médico. El cabello rubio, corto y bien cepillado se mantenía firme, mientras terminaba de comer una tostada de centeno y bebía café sin crema ni azúcar.

—Qué rico —dije.

—Muérete de la envidia. ¿Qué cuentas?

Le hice una síntesis de lo que Brendan me había contado la noche anterior: que tenía un cáncer serio al cerebro, con un diagnóstico nada optimista, y que había decidido pasar un verano genial y no seguir ningún tratamiento drástico.

Cuando terminé, Max me dijo:

—¿Cuándo vas a dejar de fumar?

—Max, no. Por favor. Además, ya casi lo he dejado. Bueno, hasta ayer.

—Lo digo en serio —lanzó un suspiro—. Mira, no te voy a mentir. Ese tipo de cáncer es muy malo. Brendan tiene razón. La cirugía *es* peligrosa; el tratamiento tiene pocas probabilidades de éxito y suele fracasar. Brendan lo sabe.

—¿Hay algo que se pueda hacer, Max? ¿Es posible que Brendan pueda recuperarse y llevar una buena vida?

—Si llegara a sobrevivir a la cirugía experimental, si llegara a sobrevivir al tratamiento, tendría 30% de probabilidades de vivir algunos años más. Pero, Jennifer, podría someterse a la cirugía y quedar completamente paralizado. Brendan sería capaz de pensar, pero no de hablar ni de hacer nada por sí mismo. Aunque no lo creas, estoy minimizando los riesgos.

No quería echarme a llorar frente a Max, pero a veces podía ser realmente despiadado.

—No sé qué hacer —le confesé—. Estoy empezando a volverme loca. ¿Se nota?

—Lo lamento —respondió Max—. Mi especialidad es la neurología.

Lo miré y los ojos se me llenaron de lágrimas. Para mi sorpresa, sauvizó su actitud rígida y fría.

—Lo siento. Fui muy duro —se disculpó—. Más de lo debido.

Apoyó la cabeza en las manos y puso los codos sobre la mesa.

—Déjame que te lo diga de una manera más sencilla, Jenny. Me parece que Brendan ha decidido aprovechar al máximo el tiempo que le queda. Ha elegido pasar un verano maravilloso contigo. Tiene suerte de poder hacerlo, y estoy seguro de que lo sabe. En otras palabras, creo que ha hecho una buena elección. En realidad, lo siento —y me tomó la mano—. No te lo mereces, Jennifer. Y tampoco Brendan.

44

Mientras conducía de vuelta a la casa de Sam pensé en muchas de las cosas que el doctor Max Weisberg me había dicho. Dejé el automóvil debajo del roble, me quité los mocasines y fui caminando hasta el muelle de Shep. Brendan estaba nadando en el lago. Se veía tan lleno de vida... no parecía enfermo, mucho menos desahuciado. Se me revolvió el estómago.

Me vio y me saludó con la mano. Luego me llamó.

—Ven, el agua está perfecta. Y *tú* te ves perfecta.

—No, ven tú —dije, dando golpecitos contra la madera del muelle—. Siéntate junto a mí. Te guardo un sitio. El *muelle* está perfecto.

Brendan nadó hacia mí. Salió del agua con un solo movimiento suave y lento. Luego me rodeó con el brazo y me besó.

—No, ahora no —dijo, después del beso.

—Ahora no, ¿qué? —pregunté.

—No hablemos de eso ahora, Jenny —continuó. Me miró directo a los ojos, de soslayo, por culpa del sol—. Sería desperdiciar un día maravilloso. Después tendremos tiempo para las cosas serias.

Bien. Así que preparé el almuerzo y lo serví en el porche: ensalada de pollo con uvas verdes, en pan integral, papas fritas y té helado. A nuestros pies, el sol se deslizaba a través del lago y el aroma de las rosas de Sam perfumaba el aire. Henry trabajaba en el jardín; parecía estar siempre allí.

Era un día perfecto, ¿verdad? El hombre ideal, la mu-

jer ideal, aunque en el momento más inoportuno. No podía evitarlo, sentía que iba a desmoronarme y llorar durante todo el almuerzo. Sin embargo, me contuve. Tal vez
Brendan aceptaba la idea de su muerte, pero yo no.

Brendan estaba arreglando la terraza de Shep para
evitar que se filtrara el agua, y como iba por la mitad, después de almorzar fue a terminar el trabajo. Mientras limpiaba la mesa me encontré con una nota doblada debajo
de mi plato. Decía:

JENNIFER,

ESTÁS FORMALMENTE INVITADA A

CENAR EN LA CASA DE HUÉSPEDES.

7.00 PM MÁS O MENOS.

TRAE LA DULZURA DE SIEMPRE.

BRENDAN

45

Un coro de ranas y grillos me acompañó mientras cruzaba el jardín al atardecer y me dirigía hacia el oeste por el sendero de la costa. Era una noche preciosa, con cielos despejados y brisa fresca. Tenía puestos unos pantalones negros y una camiseta sin mangas debajo de un cardigan negro, y llevaba sandalias. Quería lucir bien para Brendan y me pareció que se me veía atractiva. No soy una belleza, pero me visto con elegancia.

Había una pequeña casa de huéspedes en un claro a orillas del lago, con un patio de lajas azules. Vi unos trozos de carne condimentados y una botella de vino tinto, y a Brendan que removía el carbón en la parrilla, mientras las chispas saltaban por todos lados.

Me besó y *sabía* besar muy bien. Sus besos duraban en los labios.

—Un día muy especial —me dijo—. Es mi cumpleaños.

—Ay, Brendan, caramba, ¿por qué no me lo dijiste?

Sé que me puse colorada, y me sentí muy mal.

—No quise hacer demasiado alboroto —dijo, y se encogió de hombros—. No es un cumpleaños importante. No tiene ningún cero.

Hice el cálculo. Cumplía 41. *Sólo* 41. Brindamos y dije:

—¡Feliz, feliz cumpleaños! —y no añadí todos los "pero podrías" o "deberías habérmelo dicho".

—Me encanta que estés aquí —me confesó—. Es un feliz cumpleaños.

Las luciérnagas dibujaban letras de neón en el aire nocturno, mientras yo preparaba la ensalada y Brendan ponía la carne en la parrilla. Había un reproductor de discos compactos en la casa de huéspedes. Brendan me invitó a bailar. Le tomé la mano y sentí de inmediato que la sangre se me subía a la cabeza. Me estrechó entre sus brazos y me arrastró descalza por la hierba. Era algo tan sencillo, y sin embargo me pareció maravilloso.

Era un buen bailarín, muy coordinado, aun descalzo en la hierba. Sabía llevar, o dejarse llevar, y sus pies eran tan ligeros que me dio la sensación de que formaba parte de él. Los dos flotamos alrededor del jardín, muy apretados. Era tan agradable... en realidad, fantástico. Habíamos nacido el uno para el otro.

—Se está quemando la carne—susurré mientras bailábamos.

—No importa —respondió Brendan.

—Eres un Príncipe Azul increíble, sabes. Atractivo, ingenioso, sensible: no pareces un fanático del fútbol.

Me sonrió.

—Qué bonito pensamiento para un cumpleaños.

—Después de comer —dije—, tengo un regalo muy especial para ti. He estado pensando en él toda la tarde.

—Así que ya sabías que era mi cumpleaños.

—Estoy improvisando —repliqué, y sonreí.

De modo que comimos primero, bebimos un delicioso vino de no sé qué lugar. Dos botellas... bueno, era su cumpleaños, después de todo.

La casa de huéspedes estaba llena de muebles tapizados con cretona y tenía una gran cama que daba al lago. Allí fue donde Brendan y yo hicimos el amor hasta que "ya no pudimos mantener los ojos abiertos". Era un Príncipe Azul increíble en todas las formas imaginables. Incluso en su cumpleaños.

También recuerdo algo muy tierno. Justo antes de dormirnos, canté: "Que los cumplas feliz, dulce Brendan. Que los cumplas feliz". Lo canté con todo mi corazón, y él cantó conmigo, también con todo su corazón.

Me desperté en la casa de huéspedes con un ligero dolor de cabeza por el vino, seguido de un sobresalto cuando me di cuenta de que estaba sola. Por la altura del sol, calculé que gran parte de la mañana también se había ido. Recogí mi ropa y, para mi alivio, encontré una nota encima de las sandalias.

Querida Jenny:

Yo tenía razón: eres fantástica. Tengo que hacer en Chicago. Nada demasiado importante. ¿Te veré esta noche? Espero que sí. Me muero de ganas de volver a tenerte en mis brazos. Ya te estoy echando de menos. Espero que tú sientas lo mismo.

Beso y abrazo, otro beso y abrazo,

Brendan

Apreté la nota contra mi pecho mientras corría por tres jardines traseros con la ropa de la noche anterior. Euphoria y Sox me saludaron en las escaleras del porche, retorciéndose entre mis piernas y quejándose porque todavía no les había servido el desayuno.

Cuando les estaba pidiendo disculpas, una camioneta roja se estacionó delante de la casa. El jardinero de Sam bajó del vehículo. Noté que Henry estaba muy agitado. ¿Y ahora qué?

Me llamó:

—Jennifer, todo el mundo te está buscando.

En el mismo instante, oí sonar el teléfono dentro de la casa. "Ay, Sam", pensé.

—¡Un minuto, Henry! —le grité—. El teléfono.

Abrí de golpe la puerta de atrás y me enredé con el auricular antes de ponérmelo al oído. Reconocí la voz de inmediato —era el doctor Max—, pero parecía tenso y cansado. No muy común en él.

—Sam está despierta —me dijo—. Ven enseguida.

47

Apreté el acelerador a fondo en el Jaguar por la autopista 50, frené para girar a la derecha en la ruta 67 y conduje a toda velocidad. Sólo pensaba en Sam, de modo que no me di cuenta de que Henry me seguía. No, hasta que la camioneta se detuvo a mi lado en el estacionamiento del hospital y Henry bajó la ventanilla.

—Ella está…

—Discúlpame, ¿qué dijiste, Henry? —le grité—. No te oí.

—Sam ya no está en terapia intensiva. Está en el segundo piso. 21 B.

—¡Gracias! —grité de nuevo. Y entonces pensé: ¿*Henry será* Doc? Había criado a dos hijos por su cuenta. Incluso, podía tener un doctorado. Me pareció recordar algo por el estilo.

Pero pronto estuve demasiado ocupada corriendo y abriéndome paso a codazos, previas disculpas, entre la multitud apiñada en el *lobby* del hospital. Subí de dos en dos las escaleras. Encontré la nueva habitación de Sam al final de un vestíbulo revestido en reluciente linóleo. Empujé las puertas batientes. Incluso, ya tenía preparada una broma: "¡Ya era hora de que te unieras a los vivos!". Pero nunca llegué a decirla.

El alma se me fue a los pies. Sam estaba en la cama absolutamente inmóvil. Tenía los ojos cerrados. El doctor Max se inclinaba sobre ellas, auscultándole el corazón. *Ay, Dios, llegué tarde.*

—¿Qué ha pasado —pregunté—. Vine tan rápido como pude.

Max se dio vuelta y me vio.

—Vamos a hablar afuera —dijo—. Ven conmigo.

—Ha entrado de nuevo en coma, ¿verdad?

Max levantó la mano para impedirme avanzar dentro del cuarto.

—No, Jennifer, ya salió del coma. Pero es un buen momento para que te hable de ciertas cosas.

Fuimos a su consultorio, un espacio cuadrado pintado de beige, con muebles prefabricados y memos de oficina sostenidos con tachuelas en las paredes. Tal como había hecho dos semanas atrás, Max me condujo hasta la silla giratoria, y enseguida se sentó en borde del escritorio frente a mí.

—Sólo está durmiendo —dijo, por fin—. Estuvo despierta hasta hace un rato. Tratamos de ubicarte. Nadie respondía a tu teléfono.

—¿Pero ya no está en coma? —pregunté.

—El coma no es un estado apacible —continuó Max, como si yo no le hubiese hecho la pregunta—. Aunque las personas no estén inconscientes, se siguen preocupando por cosas como quién le va a dar de comer al perro o quién va a regar las plantas de la casa, o si han dejado las luces encendidas, etcétera. Es bueno que el paciente se sienta seguro. Por eso impedimos que el hospital enviara a Sam al St. Luke de Milwaukee. Queríamos que sus amigos, tú, en especial, le hablaran.

—¿Enviarla a Milwaukee? Nadie me dijo nada.

—Lo sé. Mira —Max hizo un gesto con la mano, como quien no quería tomar la cosa en serio—, no había necesidad de conversarlo contigo. Hay mucha gente aquí, en el hospital, que quiere a Sam.

Mientras digería esa noticia, Max me contó que su padre pertenecía a la junta directiva del hospital. Los dos habían movido cielo y tierra para que Sam se quedara en Lago Geneva. El doctor Max me dijo luego que el centro médico Lakeland no era muy grande y que no estaba capacitado para suministrar cuidados durante un período largo.

—Sam *salió* del coma, pero el trauma pudo haberla dejado con problemas físicos o psicológicos.

—¿En serio? —pregunté—. Vamos, Max, dime la verdad.

—Habla y conversa, pero no siempre es coherente. Está débil. La tendremos aquí por un tiempo más. Pero luego necesitará que la traten con paciencia y mucho cuidado.

Max me miraba fijo, pero, ¿por qué? En un rapto de lucidez, me di cuenta de qué era lo que estaba observando: el rímel corrido bajo mis ojos, el cabello de alguien que se acababa de levantar, *y* llevaba la misma ropa del día anterior, arrugada, a las diez de la mañana en un día común y corriente.

Aun así, conservé la dignidad.

—Quiero ver a Sam —le dije—. ¿De acuerdo?

—Por supuesto. Sólo quería prepararte.

Max me acompañó a la habitación de Sam, luego se fue y yo me acerqué, en silencio, a la cama. Le toqué el brazo con delicadeza. De repente, Sam abrió los ojos, y retrocedí, nerviosa. Pero ella parpadeó un poco y me miró de pies a cabeza.

—Jennifer —dijo, y luego sonrió—. Mi niña está aquí…

48

Rompí a llorar y abracé a Sam. Era increíble, extraordinario, sentir sus manos, oír su voz de nuevo. Casi había perdido las esperanzas de volver a conversar con ella.

Me dio una suave palmada en la espalda, tal como solía hacerlo cuando yo tenía dos años de edad. Quería tanto a Sam que la idea de perderla me aterrorizaba. Había deseado volver a verla, hablarle, y en ese momento estaba sucediendo.

Le ablandé la almohada y me senté al borde de la cama.

—¿Dónde has estado? —le dije en voz baja.

—Aquí mismo. O eso me han dicho, al menos.

—Cuéntame —le pedí. Era una de nuestras frases: "Cuéntame con quién estás saliendo en Chicago. Cuéntame las novedades del lago".

—Bueno, fue… extraño —dijo, frunciendo los labios—. No sabía dónde estaba… pero podía oír cosas, Laura.

Uy. Laura era el nombre de mi madre.

Sam continuó sin notar el error que había cometido.

—El maldito elefante ese estaba a punto de volverme loca. Pero cuando llegaron las enfermeras, se pusieron a hablarme mal de los lectores… Eso me gustó.

Traté de descifrar lo que decía. El "elefante" debía ser el ventilador. ¿Hablar mal de los lectores? ¿Qué significaba eso?

—¿Dije lectores? Quise decir…

—¿Doctores? —supuse.

—Exacto. Sabía que me ibas a entender. Traté de hablarte, Jennifer. Podía oírte, pero mi voz... —se señaló la boca *sin decir una palabra* varias veces—. No salía nada.

Asentí, porque a mí tampoco me salía la voz. Entonces nos volvimos a abrazar. Ante la duda, es mejor abrazarse. Podía contarle las costillas a través del camisón, le temblaban las manos, y sus palabras eran confusas... pero eso no me importaba. Sam estaba viva. Hablaba conmigo. Eso era todo lo que había querido y por lo que tanto había rezado.

Sam me pidió que hablara, y eso hice, y terminé contándole acerca de Brendan y yo más de lo que tenía pensado. Sam escuchó, pero no dijo casi nada. Dudé por un instante si entendía lo que le estaba diciendo.

Entonces, Sam me miró con sus brillantes ojos azules y casi me desgarró el corazón.

—Quiero ir a casa antes de morir —dijo.

49

El alivió que había sentido al ver a Sam y hablar con ella se diluyó un poco en ese momento, e incluso más cuando volví a la calle Knollwood esa tarde. Tenía que llamar a sus amigos, pero empecé a preocuparme por Brendan. ¿Qué estaba haciendo en Chicago? ¿Había empeorado el tumor? ¿Por qué se fue de Lago Geneva en ese momento? Además, me moría de ganas de contarle lo que había sucedido con Sam.

Entonces me di cuenta esa tarde de que no me gustaba estar lejos de Brendan. En realidad, detestaba esa separación, y eso no era una buena señal.

Di la vuelta al final del camino y me estacioné bajo el roble frente a la casa. En pocos minutos mis temores se transformaron en un dolor de cabeza. Se agazapó justo detrás de mi ojo izquierdo.

Una vez en la casa, me tomé un par de aspirinas. Luego fui caminando hasta la casa de Shep para ver si Brendan había regresado. Pero las luces estaban apagadas. No había nadie. *Brendan debe estar en Chicago todavía. Demonios. ¿Dónde estás?* En verdad lo echaba de menos. Y también estaba preocupada por él. En fin, sólo una de esas ansiedades neuróticas de mujer de ciudad.

Regresé con paso lento a la casa de Sam, y no sabía qué hacer conmigo misma. De pronto, lo supe. Me llevé algunas de las cartas de Sam al porche. Más que nunca, quería oír sus historias.

¿Qué había sucedido entre ella y Doc? ¿Quién era él? ¿Alguna vez me contaría toda la verdad? ¿Acaso John

Farley era Doc? ¿Henry? ¿O, incluso, el tío de Brendan, Shep? ¿O se trataba de alguien a quien ni siquiera conocía?

No bien me tumbé en mi mecedora favorita, el cielo se oscureció sobre el lago. El aire estaba cargado de ozono, y la tormenta inminente provocó en mí una sensación de urgencia acerca de las cartas de Sam. El engaño sentimental volvía a atacar, como en las novelas de las Brontë.

Necesitaba saber cómo terminaba la historia de Sam y Doc. Supongo que quería un final feliz. ¿Quién no? Pero ya me había dado cuenta de que los finales felices son difíciles de conseguir.

De todos modos, empecé a leer.

50

Querida Jennifer:

Por momentos los deseos que tenía de ver a Doc eran insoportables. Te podrás imaginar. A veces me duraban meses. Te cuento lo que pasó después.

Durante el verano había diez días que eran mucho más dolorosos que los demás, cuando Charles se escapaba a Irlanda a jugar al golf con sus amigotes. No sé qué más hacían por allá, pero corrían rumores de que pasaban otras cosas. Cuando él no estaba, sólo podía pensar en Doc. No podía evitarlo y, tal vez, tampoco quería.

Recuerdo una mañana de sábado en particular, en agosto de 1972. Charles estaba en Kilkenny y yo estaba en el centro del pueblo de Lago Geneva.

Sola, como siempre.

Ese día, llevaba cercos para alejar a los venados en la parte de atrás del jeep, y me detuve a cargar gasolina. El joven Johnny Masterson, el encargado de la gasolinera ese verano, estaba llenando mi tanque cuando el automóvil de Doc apareció al otro lado de los surtidores.

El corazón empezó a latirme con fuerza apenas lo vi. Me sucedía a menudo, en parte, quizá, por los muchos secretos que compartíamos, pero ante todo porque estábamos profundamente enamorados. Le di a Johnny un billete de diez dólares, y mientras esperaba el cambio, Doc bajó de su auto. Se acercó hasta mi jeep. Dios mío, era tan atractivo, Jenny. Tenía una sonrisa capaz de alegrarle el corazón a cualquiera. Y esos ojos...

—Hazme un favor, Sammy —dijo—. No discutas conmigo; tan sólo sígueme cuando me vaya.

Seguí a Doc 16 kilómetros por la ruta 50, y de pronto tomó la autopista. Cuando llegamos al centro turístico Alpine Valley estacioné el automóvil, entré en el suyo y me senté a su lado. ¿Era lo que él quería? Bueno, yo también.

Me arrojé de inmediato en sus brazos.

—Te he echado tanto de menos... Dios mío, no sé cuánto tiempo más podré soportar esto —le confesé.

Cuando Doc habló, su voz me estremeció hasta la médula de los huesos.

—Sé que lo hemos discutido hasta el cansancio, Samantha. Quizá no sea lo correcto, pero ya no me importa. Tengo 50 años. Te amo más que a nada en el mundo. Quiero estar a solas contigo. Por favor, dime que vendrás conmigo. *Ahora*, Samantha.

Ay, Jennifer, fue como soltar el aire después de aguantar la respiración durante años. De pronto, se me presentaba el momento que había esperado toda mi vida. No podía dejarlo pasar. Era lo que siempre había soñado, pero que nunca me había atrevido a pensar que podía ocurrir.

—Sí —susurré, con mi mejilla pegada a la suya—, iré contigo. Hagámoslo ahora... Antes de que me arrepienta.

51

Jennifer:

Nadie sabe nada de esto, excepto tú.

Doc y yo nos abrazamos durante largo rato en ese estacionamiento. Quizás estábamos tratando de armarnos de valor. No tenía idea de adónde iríamos, pero minutos después partimos.

Nos abrazamos durante todo el viaje, y mil ideas locas pasaron por mi mente. ¿Qué ocurriría si nos atrapaban? ¿Cómo cambiarían nuestras vidas? ¿Podríamos Doc y yo pasar todo un fin de semana juntos?

Ocho horas después apareció, iluminado por los faros del auto, un letrero que decía BIENVENIDOS A COPPER HARBOR, MICHIGAN.

—Llegamos —dijo Doc.

Le apreté la mano con fuerza, luego me acurruqué a su lado y lo besé. *Sí que llegamos*. Para tu información, Copper Harbor queda en la punta de la península de Keweenaw, en Michigan, rodeada por el lago Superior. Es un lugar de una belleza extraordinaria. A pesar de que estábamos en agosto, hacía un poco de frío, y yo llevaba puestos unos pantalones cortos y una camisa sin mangas. Doc se quitó el saco y me lo colocó sobre los hombros

—Se llama Raptor Lodge, y es una posada muy pequeña, muy especial —me confesó—. Hacía tiempo que quería traerte aquí.

Me reí.

—Y yo quería ir contigo a cualquier lado. Pero *esto* es precioso.

Entramos en la recepción y nos registramos. Estoy segura de que dábamos la impresión de estar muy enamorados, y lo estábamos, Jennifer. En general no me gustan las parejas que se besan y se abrazan todo el tiempo, pero no podía evitarlo, y Doc tampoco.

Nos dirigimos a nuestra habitación desde la cabaña principal, y no podía separarme de él. La noche rebosaba de vida con el ulular de las lechuzas, el canto de las cigarras, y los suaves crujidos que hacían los animales al pisar la maleza del monte. Nada me importaba, sólo Doc y quedarme a su lado, y lo que estaba a punto de suceder. En toda mi vida, había estado con Charles únicamente, y mira lo que pasó.

Al rato, llegamos a la cabaña. Se encontraba en un claro del bosque iluminado por la luna, tapizado con agujas de pino. Cuando Doc trataba de introducir la llave en la cerradura, sentí que se me secaba la boca. Además, me empezaron a temblar las piernas. Pero entonces abrió la puerta y me tomó en sus brazos.

—Por fin —dijo, y sonrió.

Nos besamos y empezamos a quitarnos la ropa. Doc me llenaba de besos y me tocaba como nadie lo había hecho antes. Si esto te molesta, lee la carta siguiente: pero me gustó mucho. Me derretí en sus brazos, y todas mis dudas también desaparecieron. Me sentí sensual, querida, hermosa; incluso buena en la cama. Jamás me imaginé que pudiera ser así, porque hasta entonces nada se había acercado siquiera a hacerme tanto bien. Me sentí viva, libre, *deseada*. Me sentí mujer, y me encantó.

Al final, Doc me tomó la cara entre las manos y me miró fijo a los ojos.

—No tienes la *menor* idea de lo hermosa que eres, ¿no es cierto? —me preguntó, como sorprendido de mi ingenuidad.

—No —le respondí—, ni la menor idea. No hasta que te conocí.

52

Jennifer:

Hay otros detalles íntimos que no te contaré, pero esa noche que pasé con Doc colmó todas mis expectativas, e incluso las superó. Me desperté en sus brazos y, por primera vez desde que tengo memoria, sentí que estaba en el lugar que me correspondía.

—Buenos días, Samantha —susurró—. Sigues tan bella como anoche.

Para Doc, yo era *Samantha*, sólo para él.

Nos quedamos en la cabaña durante la mayor parte de los dos días siguientes. La verdad es que no hubiéramos querido estar en ningún otro sitio. Todo lo que hacíamos era nuevo para ambos, y, bueno, explorar era divertido. Pero en la segunda noche nos sobresaltó el timbre del teléfono.

Me apoyé en el brazo de Doc y empecé a temblar. Nadie sabía dónde estábamos. ¿Nos había encontrado Charles?

—Está bien. Gracias —respondió Doc por el auricular. En ese momento me sentí aun más perpleja. No entendía por qué le alegraba el hecho de que nos hubieran despertado a las dos menos cuarto de la mañana.

—Vístete, Samantha —dijo, agarrando su ropa—. Esto te va a encantar. Es una de las razones por las que vine.

Jennifer, fue increíble. Tan sólo trata de imaginar lo que pasó esa noche.

Hicimos un corto viaje en automóvil, después empezamos a caminar y terminamos sentados sobre una enorme roca, con vista al lago Superior. Yo tenía los brazos alrededor de las rodillas. Doc me abrazó, y lo *único* que nos separaba de Canadá era la vasta y cristalina inmensidad del lago. Ya eran casi las tres de la mañana.

De pronto, mientras observábamos el lago con los ojos muy abiertos, una brillante franja de luz verde se extendió por el horizonte y comenzó a subir en forma muy lenta hasta convertirse en una luminosa cortina translúcida y trémula sobre el agua. El borde de la cortina empezó a brillar con un resplandor rojizo, luego surgieron destellos azules y púrpura, y pronto pareció que el cielo se estremecía y oscilaba.

—Alguien le echó alguna droga al agua —alcancé a decir, boquiabierta—. O soy yo que estoy alucinando.

Doc se rió.

—Es la aurora boreal. La mayoría de la gente la conoce de nombre, pero no tiene idea de lo que es. Ahora ambos lo sabemos, Samantha. ¿No es algo impresionante?

Fue un momento inolvidable. Todo el cielo estaba en movimiento, y, mientras la cortina ondulante pasaba sobre nuestras cabezas, puntos de luz daban vueltas como molinetes. Doc me dijo que, en realidad, la aurora era una lluvia de electrones que, impulsada por el viento solar, choca con átomos de gas.

—El impacto hace que el gas emita luz. El color depende del tipo de gas. Las luces verdes y rojas son oxígeno; las azules y púrpura son hidrógeno y helio. El sodio es amarillo. Es como la luz de neón, pero sin los tubos —explicó—. Es luz de neón libre y desenfrenada.

Lo abracé y le susurré al oído:

—Gracias por todo esto.

Se encogió de hombros.

—Sólo me encargué de que nos despertaran para poder verlo.

—No permitas que se termine —murmuré.

Y no lo permitió. Hicimos el amor bajo el cielo estrellado, sobre una roca. Ay, Jennifer, fue una experiencia sobrenatural y fantástica; recomiendo la "luz de neón libre y desenfrenada" a cualquiera que aún conserve un poquito de romanticismo en su corazón.

Aunque no esté seguro de que todavía está allí.

53

Querida Jen:

Llegó la mañana del domingo, y me levanté triste y temerosa. Quería dejar a Charles. Observé a Doc mientras dormía, y estudié su rostro, su abundante cabellera rubia con un mechón plateado. Memoricé cada detalle de su persona, y me parecía horrible que las cosas hubiesen sucedido así. Pero ya es hora de poner en orden mis recuerdos.

—Estoy despierto —murmuró en voz baja—. Sólo pensaba con los ojos cerrados.

—¿En qué?

—Ah, en todo lo que hicimos este fin de semana. En ti. Eres incluso más hermosa que la aurora boreal.

No me quejé, ni con palabras, ni con miradas. Pero Doc ya lo sabía.

—No estés triste —dijo—. Piensa que tuvimos el mejor fin de semana de nuestras vidas.

—Quiero estar contigo —le confesé—. Y no quiero que nos separemos. Creo que ya no podría soportarlo.

—Me leíste el pensamiento —contestó—. Pero he estado pensando en eso desde hace *años*. Para serte sincero, esta doble vida que llevamos puede llegar a ser, bueno, terriblemente dolorosa. Cuando Sara estaba enferma, y supimos con seguridad que se iba a morir, le prometí que educaría a los niños tal como ella hubiera querido. Y tú, tendrías que divorciarte de Charles, y él no te facilitaría las cosas, ¿o me equivoco?

Le puse el dedo en los labios, no tanto porque no hubiese querido oír lo que decía, sino para evitarle el sufrimiento que le causaban sus propias palabras.

—Cuando puedas y estés listo —le dije—, te estaré esperando. Pero hay algo más que debo decir, así que lo diré. Te quiero muchísimo. Es como si me hubieras salvado la vida.

—Te amo, Samantha.

Dios mío, cómo me gustaba oír esas palabras.

Cuando nos despedimos de los dueños de la posada, el señor y la señora Lundstrom, aún estaba un poco aturdida, y la sensación me acompañó hasta Lago Geneva. Recuerdo que no le solté la mano durante todo el viaje.

Poco después llegamos al centro turístico Alpine Valley. Fue una terrible decepción, un momento desgarrador. Nos abrazamos largo rato en el automóvil de Doc, en forma desesperada, como si se nos fuera la vida.

—Debo irme, Samantha —dijo, finalmente.

—Ya te estoy echando de menos, y ni siquiera te has ido —susurré—. Por favor, échame de menos tú también.

—Es maravilloso lo que dices —me respondió Doc—. Amo tu humildad.

Entonces nos besamos por última vez, con la esperanza de mi parte de que *no fuera* la última vez. Tuve que hacer un enorme esfuerzo para no largarme a llorar como un niño en sus brazos. Pero *no* solté ni una lágrima.

Mi jeep estaba donde lo había dejado. Me senté en el asiento del conductor; todo lo que tocaba me parecía irreal. Nos despedimos tocando la bocina, y tomé la autopista. Dejé que él me pasara a toda velocidad.

Mientras regresaba sola a Lago Geneva, pensé en la aurora boreal, pero también en la posibilidad de perder a Doc, y supe que sería incapaz de soportarlo. Lloré todo el camino hasta la casa.

54

Pobre Sam.

La lluvia empujada por el viento me obligó a dejar el porche y entrar en la casa ya casi a oscuras. La soledad de Sam, la inesperada tristeza en su vida, permaneció en mí mientras cerraba las ventanas y secaba las gotas de lluvia de los alféizares. Pensé en su despedida de Doc, y recordé a Brendan. *¿Dónde está? Afuera hace un tiempo horrible. Lluvia torrencial, y él está conduciendo en medio de la borrasca.*

Puse el resto de las cartas de Sam en la chimenea, al lado del viejo reloj de mármol, y en ese momento recordé otra cosa. Tenía que entregar mi columna a las seis de la tarde. Lo había olvidado por completo.

Me acomodé en el sofá azul de terciopelo, encendí mi computadora portátil, y abrí mi carpeta de ideas para casos de emergencia. Ninguna de ellas valía más de 750 palabras, pero, después de un par de horas, una idea genial hizo su aparición desde las profundidades de mi cerebro.

Era tan genial, en realidad, que me pregunté por qué me había tomado tanto tiempo dar con ella.

Levanté el auricular y marqué un número que sabía de memoria.

—Debbie, no puedo postergarlo por más tiempo —le confesé—. En estos momentos, no sirvo para el *Tribune,* y no estoy cumpliendo como se debe con mis lectores. Es difícil de explicar. Tan difícil, que ni siquiera lo intentaré.

Le dije a mi editora que lo sentía mucho, pero que

tenía que tomarme unas vacaciones. Aunque no le dije por qué. No quería la compasión de Debbie, y no quería verme en la necesidad de dar explicaciones y contarle lo que les estaba ocurriendo a Sam y a Brendan.

Cuando colgué el teléfono, me sentí muy angustiada. Era como estar parada al borde de un precipicio, mirando la oscuridad y el vacío.

Aún tenía que ir a visitar a Sam esa noche, pero la lluvia era tan fuerte que ya no se veía el lago, ni siquiera los árboles del jardín de la casa. Cuando estaba por llegar al Jaguar, el bocinazo de un automóvil me distrajo. ¡*Brendan*! Venía en su jeep negro por la calle llena de charcos que corre detrás de las casas.

Bajó la ventanilla y me sonrió, y todo le fue perdonado.

—Jennifer, ya regresé. La lluvia fue horrible desde que salí de Chicago.

Estaba tan... contenta de ver la cara sonriente de Brendan. ¡*Esa es la razón, Debbie! Esa sonrisa, la sonrisa de Brendan*. Di la vuelta hacia la izquierda y apoyé, en la ventanilla abierta, el codo envuelto en un impermeable amarillo y goteando agua por todas partes.

—Oiga, amigo, ¿le importa si me subo a su jeep? Tengo buenas noticias. Sam salió del coma.

55

—Te va a encantar. Sam es mucho más interesante cuando está consciente —le dije a Brendan mientras íbamos al hospital—. Y le vas a caer bien, me parece. O, en todo caso, te lo va a hacer creer.

Brendan empezó a reírse.

—¿Qué te pasa? —me preguntó.

—Ah, acababa de oír una historia triste y en eso vi tu cara sonriente. Y se dio una yuxtaposición extraña e interesante. Además, he dejado el trabajo por ahora. Así que me he convertido en un vago como tú —dicho esto, Brendan y yo chocamos las manos y nos reímos.

Llegamos a la habitación de Sam y —¡sorpresa!— docenas de globos y serpentinas caían del techo, y cestas envueltas en celofán llenas de fruta y llamativos arreglos florales se amontonaban en las mesas y en las repisas. Sin duda, había corrido la voz en Lago Geneva, y quizás en el resto de Wisconsin e Illinois, que Sam estaba consciente. Me preguntaba si algunas de las flores o globos eran de Doc.

Sam tenía puesto el camisón a rayas azules del hospital y estaba todavía un poco pálida, pero se había peinado y me sonrió en cuanto me vio entrar. Estaba despierta y casi recuperada.

—Hola. Hola, Jennifer. ¿Y quién es el buen mozo que te acompaña? —preguntó.

—Te presento a Brendan. Te hablé de él, pero quizá no te acuerdas. Es bastante atractivo, ¿no te parece?

Brendan le dio la mano.

—Hola, qué tal, Samantha —la saludó, y me quedé de una pieza. No tenía idea de dónde había sacado eso. *¿Samantha?* Igual que en las cartas. Así era como siempre la llamaba Doc.

—¿Te conozco? —dijo Sam—. Te pareces a... ah, ya sabes a quién.

—¿A mi tío Shep? —preguntó Brendan—. Bueno, supongo...

—Sí, ese es —respondió Sam—. Por supuesto que te pareces.

Brendan levantó un poco más la cama de Sam con la manivela, y acercamos dos sillas. Sam empezó a contarnos, con algunas dificultades, cómo había pasado el día. Pero de pronto se quedó mirando a Brendan. Parecía un poco confundida otra vez.

—Estoy bien —me aclaró, y me guiñó el ojo.

Y entonces volvió a mirar a Brendan.

—Me han dicho que eres muy buen médico, Brendan. Así que, dime, ¿por qué te has dado por vencido? —preguntó Sam—. ¿Cómo vas a dejar a alguien tan especial como Jennifer sin pelear por ella?

La cabeza de Brendan se echó hacia atrás como si le hubiesen pegado una trompada en plena cara, pero se recuperó con elegancia de inmediato.

—Es una buena pregunta, ¿verdad? La misma que me he estado haciendo yo en estos días.

Sam y yo nos miramos. No sé cómo, pero había ido directo al grano. *Pum, paf,* gracias, Sam.

—Como bien dijiste, Samantha, soy médico. Solemos guiarnos por la lógica, la mayoría, al menos. Quizá somos demasiado lógicos, lo que a veces no es lo mejor para uno. Pero quiero aprovechar al máximo el tiempo que me queda, el tiempo que *nos* queda, ¿está bien? No quiero desperdiciar ni un segundo. Ni un solo segundo. No sé si eso tiene sentido para ti.

Sam lo miró fijo a los ojos y asintió con un movimiento de cabeza.

—Me parece una filosofía de vida bastante razonable —le respondió—. Difícil de rebatir.

—Gracias —dijo Brendan.

—¿Y? —añadió Sam; me miró primero a mí y después a Brendan.

—¿Y? —dije yo. Sonreí con valentía.

Esta vez, la mirada de Sam permaneció fija en Brendan.

—Lucha —le susurró—. Yo lo hice.

56

Los días siguientes fueron, sin duda, los mejores y los más memorables de mi vida. Trataba de vivir cada día desde la salida del sol hasta el instante en que ya no podía mantener los ojos abiertos. De pronto, la frase empezó a tener mucho sentido para mí. Estaba decidida a entregarles todo mi tiempo a Brendan y a Sam.

Brendan era una persona introspectiva que le gustaba pensar bien las cosas, pero también le encantaba rematar sus pensamientos más profundos con algo gracioso, por lo general a costa de sí mismo, lo que coincidía con mi manera de ver el mundo. Empecé a descubrir que tenía un carácter en extremo generoso y abierto. No era demasiado protector, pero siempre estaba a mi lado cuando lo necesitaba.

Cada vez que lo miraba a los ojos, o incluso cuando lo veía de lejos, no podía dejar de pensar en lo absurdo, horrible y traumático que resultaba el hecho de que fuera a morirse tan pronto. Quería discutirle la decisión que había tomado, pero no podía pelearme con él. Brendan era demasiado inteligente y demasiado amable. Además, significaba malgastar tontamente nuestro tiempo juntos. Los preciosos segundos de nuestro verano.

Salíamos a nadar todos los días, incluso cuando llovía. En ocasiones, visitábamos a Sam tres veces al día, y Brendan y ella se hicieron amigos. En realidad, se parecían bastante. Brendan y yo hacíamos largas caminatas y cenábamos juntos todas las noches. No comíamos mucho durante el día, pero la cena era siempre muy especial.

Con la excepción de los panqueques de moras, Brendan *no* cocinaba muy bien, a pesar de que juraba que con un poco más de práctica se volvería un cocinero bastante pasable. De modo que yo preparaba la comida, él se ocupaba de poner la mesa y después lavaba los platos. Cuando trabajaba, se ponía una camiseta de la Cruz Roja que le quedaba muy bien en mi opinión.

Nos gustaba bailar con la música de nuestro disco compacto favorito, o con la radio. Me encantaba que me tuviera en sus brazos, estar junto a él, escucharlo tararear canciones como *Something to Talk About*. O *Do You Remember*, o *Sweet Baby James*, *The logical Song*, *Bad to the Bone*, *Let's Spend the Night Together*, de Jill Scott. Y muchas otras, desde baladas hasta rock, no me importaba.

Eran nuestras canciones, las canciones de nuestro verano.

Un domingo Brendan se quedó dormido antes que yo, así que me llevé el último paquete de las cartas de Sam a la cocina. Acaba de contar las cartas, y había 170. La más larga tenía casi 20 páginas, y la más corta, sólo un párrafo. Ya había leído casi todas. Era el legado de Sam. Pronto terminaría de leerlas.

Me senté a la mesa de la cocina bajo la fuerte luz del techo, y leí otra de las cartas de mi abuela.

Querida Jennifer:

Después de que Doc y yo regresamos de Copper Harbor, nuestra separación fue mucho peor de lo que me imaginé. *Mucho peor*. Lo que significaba que estábamos profundamente enamorados, locamente enamorados. Pero yo ya lo sabía. Durante una llamada telefónica ese otoño, llegamos a la inevitable conclusión de que teníamos que volver a estar juntos.

Pero teníamos que esperar varios meses, y cuando Charles preparó otro viaje de golf (o lo que fuera) en junio, yo también hice mis propios planes. Incluso elegí nuestro destino: el pueblo de Holland en la costa este del lago Michigan.

Tal como habíamos hecho la vez anterior, Doc y yo nos encontramos en la playa de estacionamiento del centro turístico Alpine Valley. Nos abrazamos y besamos y sonreímos como adolescentes que se escapan de noche a las plazas y los parques. Nos pusimos en camino casi de inmediato. Era un viaje de seis horas, dos horas conduciendo por la ruta, y cuatro horas en el S. S. *Badger*, un transbordador que constituía ya de por sí unas minivacaciones.

Ya no quería volver a separarme de Doc. Ambos nos apoyamos en la baranda y nos quedamos mirando cómo el barco nos distanciaba de nuestras vidas reales en cada kilómetro que iba dejando atrás en su estela. Bebimos chocolate caliente en el restaurante y vimos una película juntos (*La pantera rosa*), en el pequeño cine del *Badger*. Cuando llegamos a la costa, no cabíamos en sí de gozo y nuestros corazones cantaban de alegría. Estábamos tan enamorados, y nuestro fin de semana en Michigan fue incluso mejor que el primero. Neil Simon aún no había escrito *El año que viene a la misma hora*, pero Doc y yo ya lo estábamos viviendo.

Jennifer, voy a resumir un poco y concentrarme

en los aspectos positivos, y en los negativos
también.

El verano siguiente Charles decidió viajar en
julio, y nuevamente Doc y yo hicimos nuestros
planes para esas fechas. Fuimos hacia el norte,
pero esta vez Doc me dio una sorpresa. Había
alquilado una casa flotante en La Crosse,
Wisconsin, un lugar donde convergen tres ríos: el
la Crosse, el Black y el Mississippi. Cuatro horas y
media después, llegamos al pequeño pueblo de
Wabasha, en Minnesota. Doc y yo festejamos la
ocasión con un banquete de faisanes a la brasa,
puré de porotos dulces, bocadillos de zapallo y
tarta de manzana al coñac. Tal vez la cena que
más he disfrutado en mi vida. Después,
regresamos a la marina en La Crosse y anclamos
allí esa noche. Dormimos en un camarote doble. A
la mañana siguiente tomamos una ducha en la
cubierta, riéndonos y gritando bajo el agua.
Después, nos unimos a una flotilla de todo tipo
de embarcaciones, todas las que te puedas
imaginar, en la fiesta anual en honor a los ríos. Por
la noche, hubo bandas que tocaron en el agua,
fuegos artificiales, y niños alegres y contentos en
todas partes. En especial, Doc y yo. Durante
cuatro días, estuve en el Paraíso y no quería
regresar a la Tierra. Pero, por supuesto, tenía que
volver.

El plan para nuestra cuarta reunión anual era
un viaje fascinante a la ciudad de Nueva York, que
esperé ansiosa durante nueve meses. Reservamos
una habitación en el hotel Plaza, frente al parque
Central; teníamos entradas para dos obras de

teatro de Broadway, asientos de palco en el estadio de los Yankees, y reservas en los mejores restaurantes. Iba a ser, sin duda, el mejor de todos los viajes que habíamos hecho juntos.

Mientras esperábamos el avión en el aeropuerto O'Hare de Chicago, unos clientes de Charles que viajaban en el mismo vuelo a Nueva York me vieron y me saludaron. Casi me desmayo y me puse roja como un tomate.

Doc estaba hojeando *The New York Times* a unos pasos de donde yo estaba cuando me vio saludando a los Hennessey e inventando una excusa acerca de un amigo que había ido a despedir. Doc se dio cuenta de inmediato de la situación y se alejó. En cuanto pudimos, nos encontramos de nuevo. Decidimos no ir a Nueva York y regresamos a su automóvil. Se me rompió el corazón en miles de pedazos.

—"En bonito lío nos has metido esta vez", como le dijo el Gordo al Flaco —comentó Doc, y puso la llave en el arranque.

—Acabo de mentirles a los Hennessey —respondí—. Le van a contar a Charles. Mejor volvemos a casa.

Doc asintió con tristeza, salimos del estacionamiento y nos alejamos del aeropuerto. Era una mañana tan maravillosa y llena de promesas. ¡Qué lástima! Sentía una enorme decepción mientras entrábamos en la autopista y nos uníamos a la caravana de automóviles.

—¿Sabes una cosa? —dije—. Se me ha ocurrido una idea.

Doc sonrió de oreja a oreja.

—Lo sabía, Samantha. De todos modos, no pensaba llevarte a tu casa.

57

Jennifer:

Los Lundstrom se sorprendieron mucho cuando llegamos a la posada al atardecer, pero estaban muy contentos de vernos, y tenían una habitación libre. No bien nos dieron la llave, Doc y yo tomamos el sendero ya familiar e iluminado por la luna, que bullía con los ruidos del bosque. Estaba ansiosa por estar en brazos de Doc otra vez. Ya habíamos perdido medio día.

Esto lo recordaré hasta el fin de mis días.

Justo cuando doblábamos una curva, del matorral salió con gran estrépito una sombra y se detuvo en medio del sendero. No sabía qué era, pero parecía más grande que un caballo y tenía muy mal olor. ¡Ese monstruo nos mugió casi en la cara! Supongo que nosotros también lo asustamos. Doc y yo nos quedamos inmóviles, y la bestia cruzó el camino y bajó por la ladera.

—Es un alce —dijo Doc, mientras levantaba las valijas y la linterna.

Nos apuramos por llegar a la cabaña. No podíamos dormir, por supuesto. Y ya tarde en la Noche del Alce, terminamos por reírnos de la salvada de milagro en el aeropuerto. Hicimos planes para que nunca más nos volviera a ocurrir algo parecido. A partir de esa vez, pasamos nuestros ocasionales fines de semana en la península superior de Michigan. Nos hicimos muy amigos de Mike y Marge Lundstrom; y la cabaña en Copper Harbor, con su chimenea de piedra en el cuarto y su maravillosa vista del lago Superior, se convirtió en nuestro refugio.

Nunca nadie en casa supo nuestro secreto, Jennifer. Nadie ni siquiera sospechó de la relación entre Doc y yo, y nuestra doble vida.

Y *no te atrevas a contarlo.*

Tampoco se te vaya a ocurrir incluirlo en alguna de tus columnas.

O, Dios no lo quiera, en un libro.

58

Querida Jenny:

Esto ocurrió hace cuatro años, pero no podía decirte cómo me sentía en realidad. No hasta hoy.

Era una fría noche de marzo y la nieve, una gran cantidad de nieve, caía con suavidad sobre Chicago. El viento gemía como un animal herido, por supuesto. Tu abuelo y yo nos preparábamos para meternos en la cama cuando me pidió que fuera a buscarle una botella de anís. Tenía indigestión y creía que el licor le aliviaría el dolor de estómago. Le había dado buen resultado antes.

Siempre había cuidado a Charles y me preocupaba por sus necesidades hasta donde me era posible, a pesar del modo en que me trataba. Tenía que apurarme, porque la licorería iba a cerrar en cualquier momento, así que salí al frío de la nieve y el viento. Charles me llamaba a veces "Sam, la cumplidora", en un intento por ser cariñoso en lugar de condescendiente.

Cuando volví, 20 minutos después, tu abuelo estaba muerto en la cama.

Ay, Jenny, se veía tal como lo había dejado, con su pijama azul favorito, un puro todavía encendido en el cenicero y la televisión en el canal de noticias de la noche. Aún me estremezco al recordar lo rápido que murió. El ataque cardíaco fue como un reventón de llanta que te estrella contra un poste de teléfono. Una desgracia en un segundo.

Ninguno de los dos sabía que él tenía problemas cardíacos. Pero Charles nunca se fijó en lo que tomaba, comía o fumaba, y sobre todo, en lo que hacía hasta entrada la noche. A pesar de todo lo que te he contado, Jennifer, tuvimos hijos y nietos, y compartimos muchas cosas. Cuando lo miré, sereno y en paz, me encontré con la cara del hombre joven que había conocido muchos años atrás: un muchacho ingenioso que había peleado en una guerra, cuyos padres no lo querían, y que había luchado por ser alguien en este mundo. Recordé mis ilusiones de aquellos días, el amor que quise darle y que sin duda le hubiera dado.

Tan triste. Pero algunas historias simplemente lo son.

59

A la mañana siguiente tuve una larga y emotiva charla con Sam acerca de mi abuelo y de Doc. Fue la mejor conversación que compartimos desde que salió del coma, pues con el pasar del tiempo se parecía cada vez más a sí misma.

—Anoche leí más cartas —le conté apenas llegué—. Lo hago en el orden en que me dijiste, poco a poco. Anoche leí la carta sobre la muerte de mi abuelo Charles. Me puse a llorar, Sam. ¿Tú lloraste? No lo dices en la carta.

Sam me tomó de la mano.

—Ah, claro que sí. Pude haber sentido en mi corazón mucho amor por Charles; pero él nunca me permitió dárselo. Era un hombre inteligente en múltiples aspectos, pero en otros, ¡tan terco! Creo que su padre y su tío le hicieron tanto daño que nunca pudo volver a confiar en nadie. En verdad no lo sé, Jennifer. Verás: Charles no quería confiarme *su* historia.

Se me inundaron los ojos de lágrimas. Todo lo que me contaba era demasiado triste.

—Siempre fue tan bueno conmigo, Sam.

—Lo sé, Jennifer. Sé que lo fue.

—Es cierto que tenía un carácter difícil; y además estaban esas famosas reglas, "las reglas del abuelo Charles", de cómo comportarse en Chicago, o incluso aquí en Lago Geneva.

Sam sonrió, por fin.

—Ay, no empecemos con las reglas de buena conducta de Charles. Las sé de memoria. Y lo de su carácter, también.

La miré a los ojos, en un intento de entenderlo todo.

—¿Y por qué no lo dejaste?

Sam sonrió.

—Termina las cartas y luego hablaremos. Recuerda nada más que no sólo hablan de mí; las cartas también hablan de ti, querida.

Me eché a reír.

—Las reglas de Sam, ¿no?

—Nada de reglas, Jennifer. Sólo un camino diferente, el que yo recorrí. Mi versión de la historia.

—Y no piensas decirme quién es Doc, ¿o sí?

—No pienso decírtelo, Jennifer. Lee las cartas. Quizá puedas descubrirlo por tu cuenta.

60

Casi todas las noches, en cuanto se ponía el sol, Brendan y yo íbamos a nadar juntos. Ese atardecer me puse un traje de baño azul de nadadora profesional, ribeteado de rojo, con la intención de parecer una campeona de natación, lo que por cierto no era. Brendan llevaba puesto un pantalón de baño negro y ancho, pero no demasiado ancho, y que le quedaba muy bien.

—Te ves estupendo —le dije—. ¿Es un comentario sexista? Bueno, a quién le importa.

—Tú te ves preciosa —respondió Brendan. Luego se puso serio, lo que me pareció extraño—. Eres una mujer magnífica, Jennifer.

Hacía tiempo que no oía cumplidos de ese tipo, y empezaba a creerme un poco lo que me decía. Por supuesto, me encantaba oír cosas lindas acerca de mí. ¿A quién no? Quizá Cameron Díaz estaba harta de los halagos, pero yo no.

—Impresionante, Jenny. Podrías haber sido una actriz —continuó.

—No lo eches a perder —dije—. Creo que no debes seguir diciendo esas cosas.

—Disculpa, pero es lo que siento. Mi humilde opinión. Otros te verán y pensarán, qué sé yo, que eres, bueno, no sé…

—*Estás* a punto de echarlo a perder.

—Pero para mí eres la mujer más hermosa del mundo.

Moví la cabeza.

—No, Brendan. Eso fue demasiado. No exageres. No *mucho*, al menos.

—¿Del lago, te parece bien? ¿La más hermosa del lago? Fruncí el ceño.

—*Puede ser*. Ahora, que el lago está prácticamente desierto.

—Perfecto. Quedamos así: ¡la mujer más hermosa del lago!

Y entonces lanzó lo que sin duda fue su grito de guerra más escandaloso hasta el momento. Casi pareció que algo le dolía. Partió hacia el lago y me ganó por una nariz.

Pero sólo una nariz.

—¡El último en llegar a la boya! —gritó.

—El último en llegar a la boya, ¿qué?

—¡Es el *perdedor* más grande del mundo!

—Eso es una exageración.

—¡El más grande de Lago Geneva! ¡De lo que podemos ver en este momento!

—¡Acepto!

Nos lanzamos al agua y empezamos a nadar con furia. Me sentía bien y pensé que esa vez no me iba a ganar por mucha diferencia, como solía hacer siempre, lo cual me parecía una enorme victoria, por supuesto. Al poco rato, alargué la mano para aferrarme a la boya. Para mi sorpresa, Brendan llegó unos segundos después. Me sacudí el agua de la cara y del cabello.

—¡No es justo! ¡Me *dejaste* ganar! —grité.

Brendan me miró fijo a los ojos. Sonreía, pero había algo más en su mirada.

—No, Jennifer. No te dejé ganar.

61

Al día siguiente llovió como nunca —parecía un diluvio—, y Brendan desapareció por un par de horas. A decir verdad, me empezaba a preocupar. Temía que en alguna de esas ocasiones no regresara, que se enfermara de gravedad, o que se desmayara mientras conducía de regreso: algo terrible. Cuando, a eso de las cuatro, estacionó frente a casa, la lluvia se había convertido en una ligera llovizna.

Estaba ansiosa por verlo, así que salí corriendo bajo la agua y lo besé a través de la ventanilla del automóvil. Me sentía tan *feliz* de ver de Brendan.

—¿Adónde fuiste? Me desperté a eso de las siete y no estabas —le dije.

—Tenía una cita con el doctor, en Chicago. Roncabas que daba miedo. Se me ocurrió que mejor te dejaba dormir.

Hice una mueca.

—N*o* ronco.

—No, claro que no —Brendan me lanzó una de sus sonrisas irónicas.

No iba a permitir que se fuera tan tranquilo.

—¿Qué dijo el doctor?

Brendan parpadeó; era obvio que estaba pensando en cómo iba a decírmelo.

—Parece que el tumor está creciendo —respondió, por fin—. No son buenas noticias, me temo. De todos modos, tampoco es una gran sorpresa.

En ese momento se llevó la mano al lado izquierdo de la cara. Empezó a tocarse el pómulo, tamborileando los dedos.

—Empiezo a perder movilidad, Jennifer. La cara se me ha entumecido. No puedo sentir *esto*.

Le acaricié el pómulo.

—Lo lamento. Tampoco puedo sentir eso. Pero aun así me encanta que me toques. Me encanta todo de ti, Jennifer. No lo olvides.

Brendan tropezó al intentar bajar del jeep. Por poco se cae. Me sorprendí, y de pronto me di cuenta de lo difícil que había sido ese día para él. Sin embargo sonrió, y me tocó la mejilla con suavidad.

—Necesito dormir una siesta. Creo que voy a ir a casa de Shep. Te veo después, Jenny.

—¿Te sientes bien? —le pregunté. Quería tomarlo del brazo, ayudarlo, pero temía que tal vez no le gustase.

—Claro que sí. Estoy cansado. Me siento bien. Sólo necesito dormir una siesta.

Eran las cuatro de la tarde, pero igual me acosté junto a Brendan. Quería estar a su lado, sentirlo, hacerle saber que podía contar conmigo. En el fondo me moría de miedo; por primera vez me daba cuenta de que *iba* a perderlo y de cómo sería, y la sensación era horrible.

—Gracias —susurró—. Cansado...

Entonces se quedó dormido.

Brendan durmió sobresaltado. Apretó los puños varias veces. Quince minutos después, abrió los ojos en forma brusca y tenía la mirada perdida.

—Vaya, vaya, Jennifer, parece que me dormí, ¿no? O me caí en un precipicio.

Le pregunté si sentía algún dolor y me pidió que sacara un frasco de pastillas del bolsillo de su saco. Cuando regresé, la cama estaba vacía, y lo oí vomitar en el baño. Estaba empezando a asustarme de veras. No estaba preparada para enfrentar esa situación. Brendan me había dicho, una y otra vez, que podía empeorar rápidamente, pero yo había preferido no creerle.

—Jen, las pastillas que tomé me van a noquear —dijo saliendo del baño—. Voy a seguir durmiendo. Por qué no te vas a tu casa. Por favor. Hazlo por mí. Te quiero mucho. Y eres la muchacha más linda del mundo, no sólo del lago. Ve a tu casa un rato.

Todo esto era un poco raro, pero no pude, o no quise, discutir con él. Besé a Brendan en la frente, en la mejilla, y luego ligeramente en los labios.

—Eso sí lo sentí —se sonrió.

Así que volví a besar a Brendan.

Y otra vez.

La verdad es que no quería dejar de besarlo nunca.

62

Tuve un muy mal presentimiento durante toda la noche. Shep estaba en su casa de Chicago, de modo que fui a ver a Brendan cada dos horas. Finalmente, me dormí en la casa de Sam. Brendan dejó bien claro que no quería que me quedara con él esa noche. Me pareció que debía respetar su deseo.

Cuando me desperté ya era de mañana y estaba sola en mi viejo dormitorio. El sol quemaba a través de las cortinas transparentes, y pensé de inmediato en Brendan. Y lo que pensé fue: *Brendan se va a morir pronto*. Y yo no podía hacer nada.

Esperé a que me llamara con su grito acostumbrado, pero recordé que estaba en la casa de Shep y que se había quedado profundamente dormido con las pastillas para el dolor. Salí de la cama y me puse la primera ropa limpia que encontré: unos pantalones color caqui arrugados, recién salidos del lavarropas, y una camiseta blanca. Metí los pies sin medias en unas zapatillas y bajé a la cocina.

Miré por la ventana. No había hombres semidesnudos gritando.

El jeep brillaba en el camino de entrada. Bien, Brendan estaba allí. Al menos podía prepararle el desayuno. Fui a la casa de Shep.

Entré en la casa por la puerta de atrás y llamé a Brendan mientras lo buscaba con la mirada en las habitaciones de la planta baja. Cuando no vi ninguna señal de él, fui rápido a su dormitorio en la parte de atrás de la casa. El cuarto estaba vacío. La cama estaba hecha con un lindo cubrecama blanco de algodón.

Me tomó un rato darme cuenta de lo ocurrido. Brendan no estaba en la casa. Tampoco sus cosas.

Abrí la puerta metálica que daba a la terraza que Brendan había pintado y arreglado no hacía mucho para evitar las goteras. Desde arriba, eché un vistazo al jardín y a los alrededores. Brendan no estaba en ninguna parte.

Entré en pánico y traté de controlarme. Quizá Shep sabía dónde estaba Brendan. Corrí escaleras abajo, arrastrando las zapatillas por el piso de madera lustrada, y miré por todos lados mientras buscaba el teléfono de la cocina.

Fue entonces cuando descubrí un montón de pistas… que sin duda me había dejado. Estaban amontonadas en la mesa de la cocina. Eran tres cosas: un sobre blanco, un juego de llaves de auto y una tarjeta de negocios con el logotipo de un pájaro rojo.

La tarjeta era de Cardinal Transport, una compañía local de taxis.

Las llaves eran del jeep.

El sobre estaba dirigido a mí. Al levantarlo, noté que tenía algo suelto que se movía. Lo abrí por un extremo, y el reloj de Brendan se deslizó en mi mano. El alma se me cayó a los pies.

Adentro había, además, una carta.

63

Querida Jennifer:

Son pasadas las cinco de la mañana y estoy
esperando el taxi que me llevará al aeropuerto.
Sabes, la soledad es terrible, peor de lo que
puedas imaginarte. Y estoy seguro de que esta
manera de despedirme te va a lastimar, pero, por
favor, escúchame antes de tomar una decisión
irrevocable. Te escribo, ahora que todavía puedo
hacerlo. Hay cosas que quiero sepas, ahora que
aún tengo la posibilidad de decírtelas. Quiero
ahorrarte la mayor cantidad de dolor, si puedo.
Creo que esta es la mejor manera: para mí, la
única.

¿Te acuerdas de cuando éramos niños?
¿Recuerdas cómo nos gustaba el verano? A
principios de mayo comenzaba a tener la
sensación de que los días se hacían cada vez más
largos, y tenía la esperanza de que ese verano el
sol siguiese subiendo en forma vertiginosa por el
cielo hasta abrirse paso hacia el otro lado. Así
sucede en las regiones del norte, en las que la luz
solar dura todo el verano. Entonces llegaba junio, y
los días, realmente, se hacían más largos. Pero
después del Día de la Independencia, el 4 de
julio, la oscuridad reaparecía, y todos teníamos
que aceptar la dualidad de la luz y la sombra.

De la misma manera, Jennifer, tenía la
esperanza de poder contar con más tiempo para
realizar todas las cosas que queríamos hacer

juntos, e incluso recé para que así fuera. Quise pasar contigo un verano interminable. Sin embargo, siempre aparece la oscuridad, ¿no es cierto? Pero así es la vida, supongo.

Si hay algo que sé, es esto: el hecho de que estuviéramos juntos fue lo más maravilloso del mundo, y quiero que esa hermosa sensación de que todo ocurrió como debía pasar permanezca intacta. Te amo tanto. Te adoro, Jennifer. Lo digo en serio. Tú me *inspiras*. Espero, de todo corazón, que me perdones y entiendas lo difícil y terrible que es para mí dejarte esta mañana. Sin nuestra hora de natación. Sin los panqueques de mora cinco estrellas. ¡Es lo más duro que he hecho en toda mi vida! Pero creo, muy en el fondo, que es lo correcto.

Te quiero tanto que incluso me duele pensarlo. Por favor, créeme.

Eres mi luz, mi verano interminable.

Brendan

III

Adiós a Lago Geneva

64

Cuando terminé de leer la carta de Brendan, apenas podía respirar y las lágrimas me corrían por las mejillas. No podía dejar de pensar que, al menos en parte, era culpa mía que se hubiera ido. Tal como había sido mi culpa que Daniel estuviese solo cuando murió en Hawai. Me puse el reloj en la muñeca. Luego llamé al estudio jurídico de Shep en Chicago. Le dije a su asistente que tenía que hablar con él. Por fin oí la reconocible y tranquilizadora voz de Shep por el auricular.

—Brendan se ha ido, Shep —logré decir.

—Lo sé, Jen. Hablé con él esta mañana. Es lo mejor.

—No, no es lo mejor —respondí—. Por favor, dime qué está sucediendo. ¿Qué va a hacer?

Se aclaró la garganta y empezó a decir, con voz vacilante, más o menos lo mismo que Brendan me había escrito en su carta. Que él no quería que lo viera pasar la etapa final de su enfermedad. Que me amaba, y le costaba muchísimo tener que irse. Y que tenía miedo.

—Tengo que verlo —le dije—. Esto no puede terminar así. No lo permitiré. Si es necesario, iré hasta tu estudio en Chicago, Shep.

Pude oírlo exhalar un profundo suspiro.

—Creo que sé cómo te sientes, pero Brendan me hizo prometerle que no te lo diría. Le di mi palabra.

—Tengo que volver a verlo, Shep. ¿Acaso no tengo voz en esto? No es correcto que Brendan tome esta decisión sin consultarme.

Se hizo un silencio a través de la línea y temí que Shep me colgara. Por fin habló:

—Se lo prometí. Me pones en una situación muy complicada. Bueno, al diablo, Jennifer... Va camino de la clínica Mayo.

No podía creer lo que había oído.

—¿Qué has dicho? ¿Está yendo al hospital?

—Mayo es el mejor lugar para tratar su condición —dijo Shep—. Va a someterse a la cirugía experimental por la mañana.

Se me revolvió el estómago igual que un año y medio atrás, cuando tuve que ir al hospital de Oahu a ver el cuerpo de Danny. Sólo que en este momento me encontraba en mi automóvil, haciendo los cambios en forma mecánica, mientras iba a toda velocidad hacia el sur, por la carretera I-94, hasta la bifurcación. Allí tomé la autopista al aeropuerto O'Hare.

Llamé a Sam desde mi celular y le expliqué todo lo mejor que pude. Me dijo que era la persona más luchadora y fuerte que había conocido en su vida y que estaba orgullosa de mí. En pocos minutos las dos estábamos llorando por teléfono, igual que en los viejos tiempos.

Estoy segura de que todo el mundo me miró cuando abordé el vuelo a Rochester, Minnesota. Tenía la cara contraída y me sentía muy perturbada; los ojos se me habían hinchado y estaban muy, muy rojos.

Cerca de una hora y media después, alquilé un automóvil y fui hasta la clínica Mayo. Iba a ver a Brendan, o al menos eso esperaba, y él estaba justo en el lugar donde yo quería que estuviera: en uno de los mejores hospitales para cáncer del mundo.

66

Una puerta giratoria de vidrio me condujo hacia el vestíbulo verde y fresco del edificio principal de St. Mary, en la clínica Mayo. Era un lugar espacioso, con paredes de mármol y columnas elegantes. Ahí iban a operar a Brendan. Me acerqué a la recepción, les dije quién era y pregunté cómo llegar a su habitación.

Me dijeron que "el doctor Keller ya había reservado una habitación temprano ese día. Se internará en el edificio Joseph mañana a las seis de la mañana. No se encuentra aquí".

Sin duda se me notó en la cara la terrible decepción, pues la joven recepcionista abrió una carpeta, recorrió una lista con el dedo y luego me miró.

—Dijo que existía la posibilidad de que alguien viniera.

No sabía qué decir.

—Bueno, vine. Aquí estoy.

—El doctor Keller se hospeda en la hostería Colonial, en el 114 de la Calle 2, al sudoeste.

Pregunté cómo llegar, y unos instantes después mi automóvil alquilado y yo nos pusimos de nuevo en camino. Los minutos pasaron muy rápido, a pesar, incluso, de que el tránsito, muy complicado a esa hora, me retrasó un poco. Logré abrirme paso a través del embotellamiento, algo que no hubiera esperado en Rochester. Al poco rato, llegué a la hostería Colonial, temblando como una hoja.

Encontré la habitación 143 y toqué a la puerta. No hubo respuesta.

—Brendan, por favor —supliqué—. Recorrí un largo camino. Soy Jennifer... la mujer más linda de Lago Geneva.

La puerta se abrió con lentitud, y vi a Brendan, con su metro ochenta de estatura, de pie ante mí. Sus hombros aún eran anchos y se lo veía fuerte y robusto. Tenía los ojos azules como el cielo del norte en un día de julio. Abrió los brazos y me rodeó con ellos.

—Cómo estás —susurró—. La mujer más linda de Rochester, Minnesota.

—Me enojé contigo —confesé, finalmente, mientras estrechaba a Brendan con fuerza.

—¿Y ahora? ¿Qué sientes, Jennifer?

—Tu encanto me quita el enojo.

—No me di cuenta de que era encantador —dijo.

—Lo sé. Es sólo parte de tu personalidad. Algo en tus ojos azules.

Nos quedamos abrazados en la puerta durante un par de segundos y luego nos separamos. Entonces me di cuenta de que los párpados se le cerraban, y de que se movía con lentitud en forma evidente y temblaba un poco. ¿Era por el medicamento o por el tumor? Nos sentamos en el sofá y le pasé los dedos por el cabello ondulado hasta despeinarlo.

—¿Ya estás contenta? —me preguntó.

—Sí —respondí.

—No sabes cuánto te extrañé —dijo, y nos besamos.

Se echó hacia atrás y miró fijo el techo. Se lo veía distante.

—¿Quieres saber cuál es el programa de hoy? —preguntó.

Asentí. Eso significaba, al parecer, que Brendan ya sabía que yo no pensaba irme a ningún lado.

Me puso la mano sobre la rodilla.

—Tengo que estar en el hospital a las seis. En punto. Adam Kolski empezará la cirugía a las siete. Es bastante bueno.

—¿Bastante bueno?

—Es *muy* bueno. Es prácticamente un "dios" —dijo Brendan. Y entonces apareció su maravillosa sonrisa—. Elegí al mejor, por supuesto.

—Eso me tranquiliza—contesté. Y en ese momento, al fin, apareció *mi* sonrisa.

—Tengo que advertirte una cosa: mañana, después de la operación, vas a verme como si un cañón me hubiese aplastado la cabeza contra una pared de ladrillos. Si todo sale bien. Espero que en realidad me consideres encantador, que te guste ese algo en mis ojos.

—Me gusta todo de ti —le respondí—. En especial que vayas a hacer esto.

Brendan me besó una vez más, y yo me derretí en sus brazos. Luego dijo:

—Salgamos de aquí. Te voy a mostrar Rochester. Y sí, esto *es* una cita.

68

Una cita. Esa fue otra frase linda que me recordó lo bien que estábamos Brendan y yo juntos. Teníamos el mismo entusiasmo y la misma pasión por una gran cantidad de cosas, y muchos intereses en común: compartíamos el mismo sentido del humor tonto. Es tan difícil encontrar a la persona ideal; ay, Dios, a veces parece imposible. Para algunos *es* imposible.

Yo conducía el automóvil mientras Brendan me indicaba el camino. A casi cinco kilómetros del hotel, cerca del hospital, me dijo que estacionara en el primer espacio que encontrara. De hecho, para ser un día de semana, la calle que transitábamos estaba repleta de gente.

—Bueno, ¿dónde estamos? —le pregunté.

—En el bar de Stephen Dunbar —respondió—. En este lugar los residentes veníamos a divertirnos y a aliviar las tensiones. Hoy, en nuestra cita, te quería traer aquí.

—¿Un bar? —le dije—. ¿El bar de Stephen Dunbar?

Asintió.

—No creo que deba beber nada esta noche —respondió Brendan—, pero creo que de todas maneras tengo que *bailar*.

Adentro, el bar no estaba lleno, un grupo agradable de gente, y había algunas parejas bailando una canción de los Red Hot Chili Peppers que me gusta, llamada U*nder the Bridge*.

Brendan me tomó en sus brazos apenas llegamos.

—Me gusta esta canción —murmuró cerca de mi mejilla. Entonces empezamos a bailar—. Y me gusta bailar contigo —siguió hablando en voz baja—. Gracias por enviarme a Jennifer. Es perfecta. Es lo único que he querido en la vida.

Parecía una oración.

—Una vez te vi rezando. En la cocina —le confesé.

—Es la misma oración —dijo, y me guiñó el ojo—. La he repetido durante todo el verano.

Bailamos todas las canciones lentas que tocaron esa noche, e incluso bailamos algunas de las rápidas como si fueran lentas. No quería separarme de Brendan, ni siquiera por un segundo.

—¿Hay algo mejor en el mundo? —preguntó—. Una cita con la mujer de mis sueños, en el pueblo donde estudié y en uno de mis bares favoritos.

Me sentí tan cerca de Brendan, tan enamorada de él, que era inconcebible lo que iba a ocurrir a la mañana siguiente. Aunque traté de evitarlo, los ojos se me llenaron de lágrimas.

—No seas tan dulce —le rogué a Brendan.

—Lágrimas no, por favor —dijo, mientras me secaba las mejillas—. Aunque no sean de cocodrilo —se rió, y luego se sorprendió de su propio chiste. Brendan siempre podía reír. En todo momento. De cualquier cosa: incluso de lo que estaba sucediendo.

—Cuando todo haya terminado, salgamos de viaje. Nunca estuve en Florencia ni en Venecia. China, África… Hay tanto que ver, Jenny.

Empecé a llorar de nuevo.

—No puedo evitarlo. No suelo ser tan emotiva —dije.

—Bueno, es un momento conmovedor. Bésame de

nuevo. Sigue besándome. Hasta el momento en que tenga que operarme.

Así que nos besamos una y otra vez. Pero finalmente tuvimos que regresar a la hostería, donde creí que Brendan caería rendido de sueño. Pero no fue así.

—Todos los días, desde la salida del sol… —dijo. Yo terminé la frase:

—Hasta que no podamos mantener los ojos abiertos ni un segundo más.

Cerca de las tres nos quedamos dormidos, abrazados, con las manos entrelazadas; recosté la cabeza sobre el pecho de Brendan. Recuerdo que pensé: Así *es como debería de ser. De esta manera, exactamente. Por muchos, muchos años.*

Y entonces sonó la alarma del reloj despertador.

69

Brendan se inclinó y me besó en los labios. Se había levantado temprano y ya estaba vestido.

—Desde la salida del sol… —dijo—. ¿Lista para ir a nadar al lago?

—No hagas bromas en este momento, aunque sean graciosas. Por favor, Brendan.

—Las probabilidades de sobrevivir tres años con gioblastoma multiforme son menos de…

Lo interrumpí al instante.

—Bueno, cuenta chistes. Prefiero los chistes —me acerqué y lo besé—. Te amo.

—Yo también. Desde la primera vez que te vi en el lago. Eras, y todavía eres, la mujer más bella del mundo. *Del mundo.* ¿Me entendiste?

—Te entendí —sonreí—. Por supuesto, es tu humilde opinión.

—Así es. Pero, en este caso, tengo razón.

Estaba segura de que tenía absoluto dominio de mí misma y de mis emociones en ese momento. Por eso no esperaba que un detalle tan pequeño me destrozara el corazón: noté que las manos de Brendan le temblaban de modo alarmante mientras se agachaba para atarse un par de zapatos nuevos parecidos a sus viejas zapatillas Nike, pero que no lo eran. En vez de cordones, tenían tiras Velcro. *Brendan ya no se podía atar los cordones de los zapatos.*

Alzó la vista y se dio cuenta de que lo estaba mirando.

—Me *gustan* estos zapatos.

Por mi mente pasó una imagen: la fuerte brazada de Brendan cuando nadaba en el lago cada mañana de verano. Ahora no podía ni siquiera atarse los cordones de los zapatos. Me compadecí de él; sufrí por él. Brendan sabía lo que le esperaba: el dolor, las náuseas, la posibilidad real de que muriese...

Lo abracé.

—Todo va a salir bien —le dije. Tenía que ser así.

Veinte minutos después, Brendan y yo salimos de la hostería a la tenue luz de la mañana. En silencio, apoyó el brazo en el techo del automóvil, y aún se lo *veía* sano. Observaba con atención el letrero luminoso parpadeante de un café, luego una iglesia de piedra en la calle del frente, como si estuviera memorizando cada detalle del mundo que lo rodeaba.

—Bonito café, bonita iglesia, *muy* bonita mujer —dijo, y entonces subió al asiento del acompañante. Un poco rígido. Oí el ruido del cinturón de seguridad que Brendan se abrochaba para iniciar el viaje más importante de su vida.

—Vamos, preciosa. Tenemos una cita en Samarra o algún lugar parecido, como en la novela de John O'Hara.

Por primera vez ese verano, los dos nos quedamos callados. El viaje desde la hostería Colonial hasta el estacionamiento subterráneo de St. Mary tomó sólo unos pocos minutos. El ascensor nos llevó al primer piso. De ahí fuimos por el pasillo de vitrales al edificio Joseph, donde debía internarse Brendan y prepararse para la operación.

Brendan se detuvo y me puso las manos sobre los hombros. Se inclinó y me agarró con fuerza. Me miró a los ojos.

—Creo que me he quedado sin chistes, Jennifer. ¿Te importa que te diga otra vez que te quiero?

—No. Por favor —*sólo sigue hablando. No me dejes.*

—Te amo tanto, Jennifer. Es muy importante para mí que sepas que, pase lo que pase, en todo momento estuviste genial y fabulosa. Me ayudaste a ser fuerte, mucho más de los que te imaginas. Hiciste todo lo que hubiese hecho cualquiera, y luego más y más todavía... ¿*Jennifer*?

—Lo sé —dije por fin—. Ya entendí —lo abracé con más fuerza. Apreté los ojos hasta donde pude, pero me deshice en lágrimas de todos modos.

—Me estás haciendo llorar —por fin pude decir con dificultad.

—Así es. Sí. Porque yo también estoy llorando.

Lo miré a los ojos y vi que estaba tan perturbado como yo. Brendan se acercó más y me besó en las mejillas, luego en los ojos y, finalmente, en los labios. Me gustaba tanto cómo me besaba, me gustaba todo acerca de él. No quería que se fuera.

—Siempre nos falta tiempo, ¿verdad? —dijo Brendan—. Creo que ya tengo que irme. Voy a llegar tarde, Jennifer.

En cuanto llegamos al quinto piso, la enfermera encargada de la internación, una mujer corpulenta de brazos fuertes llenos de pecas, sacó una pila de papeles. Luego llamó a un camillero que apareció con una silla de ruedas. En ese momento la posibilidad que yo no había querido afrontar se me vino de golpe a la cabeza. *Tal vez nunca más vería a Brendan. Esta podría ser la última vez.*

—Te amo —le dije—. Te estaré esperando aquí, en este mismo lugar, donde estoy ahora.

—Te amo, Jennifer. ¿Quién no amaría a la mujer más

linda del mundo? Como sea, de una manera u otra, volveré a verte —me respondió.

Sonrió con su maravillosa sonrisa y levantó los pulgares hacia arriba mientras el camillero lo llevaba por el largo pasillo al quirófano. Y en ese momento, Brendan pegó uno de sus famosos gritos de "vamos-a-nadar-al-lago".

Aplaudí y me reí.

—Hasta luego —le grité—. Hasta luego.

Brendan volvió la cabeza y sonrió otra vez.

Justo antes de desaparecer detrás de las puertas, gritó:

—¡Hasta luego!

70

¿*Hasta luego?*

Por favor, que no sea hasta siempre.

Caí sobre una butaca, en una esquina de la sala de espera del hospital, y empecé a imaginar la operación que se llevaba a cabo seis pisos más abajo. En ese momento llegó Shep acompañado de los padres de Brendan, a quienes yo no conocía.

—No quería que viniéramos —dijo la señora Keller—. Está tratando de tranquilizarnos. O eso cree, al menos.

—Siempre fue así —continuó el padre de Brendan—. Una vez, cuando estaba en la secundaria, se rompió la mano y no nos dijo ni una palabra hasta que ya estaba casi curada. Ah, yo soy Andrew. Ella es Eileen.

Nos abrazamos. Entonces los dos se pusieron a llorar. Me di cuenta de lo mucho que querían a su hijo, y me conmoví.

El día avanzó a paso lento y angustiante. A cada rato miraba el reloj de Brendan, y las manecillas apenas parecían moverse. El papá de Brendan contó chistes, lo cual no me sorprendió. El que más me gustaba era: "¿Cómo sabes que un fanático de las computadoras no es tímido? Porque mira *tus* zapatos".

Las otras visitas entraban y salían de la sala de espera, algunas llorando, y la mayoría con cara de preocupación. La televisión pasaba las eternas imágenes de noticias, en los canales de siempre.

Mientras esperábamos me pregunté si acaso Shep sería Doc. Pero él no había criado a sus hijos por su cuenta. Así que *no podía ser* Doc... a menos que Sam hubiera hecho trampa en sus cartas.

A eso de las cuatro salí por unos minutos de la sala de espera. Di un par de vueltas por el Jardín de la Paz, que estaba en el complejo de St. Mary. Era un plazoleta con flores de colores brillantes y una estatua de San Francisco de Asís. Oí un concierto de carillón: tocada por campanas. Me arrodillé y recé por Brendan. Luego llamé a Sam y le conté todo lo que había pasado hasta ese momento.

Regresé a la sala de espera en el momento preciso. Diez horas después de mi beso de despedida a Brendan, apareció un médico joven de cabello negro y cara de ángel. Se presentó: era Adam Kolski. Parecía demasiado joven para ser cirujano, menos aún para ser "prácticamente un 'dios'".

Traté de descifrar la expresión de su rostro, pero ese día mi instinto de reportera no estaba funcionando muy bien.

—Todo salió como esperábamos —nos comunicó el doctor Kolski—. Brendan sobrevivió a la cirugía.

En la unidad de cuidados intensivos, a las visitas sólo se les permitía ver a los pacientes unos minutos nada más. Una sola persona por vez. Después de Shep y los padres de Brendan, me tocó el turno a mí. Adam Kolski entró conmigo para ver a su paciente.

—Está mejor de lo que parece —me advirtió.

Brendan estaba inconsciente. Tenía la cabeza envuelta en vendajes y la cara entre negra y azul. El doctor Kolski me explicó que lo habían entubado y que, si fuera necesario, las máquinas lo mantendrían con vida.

Un tubo le pasaba por la nariz y otro por la garganta; un catéter permanecía unido a una bolsa debajo de la cama. Por goteo endovenoso le daban una solución salina y sedantes; electrodos en todo el cuerpo enviaban datos sobre sus signos vitales a varios monitores, y en un brazo un tensiómetro se inflaba y desinflaba en forma automática.

—Está vivo —susurré—. Eso es lo único importante.

—Está vivo —respondió el doctor Kolski, mientras me palmeaba el hombro—. Lo hizo por ti, Jennifer. Me dijo que valías esto y mucho más. Háblale. Quizá seas el remedio que necesita en este momento.

Kolski salió de la habitación, y me quedé a solas con Brendan. Me quité el reloj y se lo coloqué con cuidado en la muñeca, junto al brazalete de plástico con su nombre. Le tomé la mano y me acerqué lo más que pude a su cara.

—Estoy aquí —le dije, con la esperanza de que oyera mi voz—. Sabes que disfruté de cada segundo que pasamos juntos este verano. *Pero en especial, disfruto de este.*

72

Me pareció que los preciosos cinco minutos que me permitían pasar con Brendan se acabaron en menos de cinco segundos. Mientras le tomaba la mano, una enfermera amable, pero decidida, me empujó hacia un lado y me envió de vuelta a la sala de espera.

Los señores Keller y Shep querían invitarme a cenar esa noche, pero me sentía física y anímicamente agotada. No podía dejar solo a Brendan todavía. Cuando se fueron, me dejé caer en una silla y me puse a llorar. Me había contenido durante todo el día, pero ya no tenía motivo para seguir aguantando las lágrimas. Toda tipo de ideas me vinieron a la mente. *Brendan puede morir en cualquier momento.* Alguien con buenas intenciones me hubiera dicho: "Jennifer, todavía eres joven. Llora, pero tienes que seguir adelante. No le cierres las puertas al amor".

No iba a hacerlo. *¡Amaba a Brendan!* No le cerré las puertas al amor, ¡pero adónde me había llevado! Me sequé las lágrimas con un pañuelo y dejé vagar la vista por las filas de sillas vacías, iluminadas con una luz blanca demasiado fuerte. Del otro lado de la ventana, la calle resonaba con el zumbido del tránsito ligero de esas horas. Me sentía tan sola en el hospital.

Los minutos transcurrían con lentitud. Al fin pasó una hora. Me hubiera gustado llamar a Sam, pero era muy tarde.

Finalmente, abrí mi bolso y saqué el último paquete de cartas. Desaté el cordón rojo, ya casi deshilachado, y abrí los sobres en abanico. Mi nombre se extendía a través de cada uno en su letra clara e inconfundible.

Tomé una taza de café de la máquina y le eché varios paquetes de azúcar. Luego abrí uno de los sobres.

—Necesito oír tu voz, Sam —murmuré.

En la eterna noche en vela de la sala de espera del hospital, comencé a leer el desenlace de la historia de Sam.

73

Querida Jen:

Esto es lo que ocurrió: todo cambió en un segundo.

Doc tocó a la puerta de la cocina un día terriblemente caluroso de agosto, y, en cuanto lo vi, el corazón empezó a latirme con violencia. Me quedé petrificada, incluso me asusté. Ay, Jennifer, nunca había venido a mi casa de esa forma.

—¿Algún problema? —pregunté—. ¿Estás bien? ¿Qué pasó?

Lo único que me dijo fue:

—Salgamos a pasear un rato.

—¿Ahora mismo? ¿Así nomás?

—Sí. Te ves muy bien, Samantha. Tengo una sorpresa para ti.

—¿Una sorpresa agradable?

—No se me ocurre otra mejor. He esperado mucho tiempo para poder darte esta sorpresa.

Más allá de lo que él pretendiera, yo no pensaba salir vestida con overoles sucios de tierra y chancletas de jardinería, así que lo dejé entrar mientras subía a cambiarme. Quince minutos después aparecí vestida con un bonito vestido de lino azul. Me arreglé el cabello e incluso me pinté un poco los labios.

Al verme, Doc se sonrió.

—Por Dios, te ves fantástica.

Claro que Doc hubiera pensado que se me veía fantástica aunque me hubiese puesto una bolsa de basura y una cacerola en la cabeza. Se lo dije y los dos nos reímos, porque era cierto.

Entonces me tomó las dos manos.

—Samantha, hoy todo va a cambiar.

—¿Y me vas a decir que es *todo* lo que va a cambiar?

—No, te lo quiero mostrar.

No sólo se lo veía entusiasmado, sino que se puso bastante misterioso, Jenny, lo que hacía todo más divertido. Por supuesto, me sentía emocionada sólo de verlo, mirarlo a la cara y comprobar lo contento que estaba.

¿Y sabes qué? ¡Me encantan las sorpresas!

Jennifer, Jennifer, Jennifer:

Toda esa semana el Festival de Venecia fue la gran atracción del pueblo, y las calles estaban llenas de turistas que habían venido a la fiesta de fin de verano en el lago. Doc dejó el automóvil en un estacionamiento municipal, a una cuadra de la calle principal, y llenó de monedas el parquímetro. Parecía que íbamos a la feria y que nos quedaríamos allí un rato largo rato.

—¿Era esta la sorpresa? —le pregunté—. Porque, la verdad es que ya sabía que había un festival en el pueblo.

—Esto es sólo el principio —me contestó—. No seas una *aguafiestas* —frase que era una de sus favoritas.

Los niños gritaban en la montaña rusa; el aire olía a *popcorn* con manteca y dulce, y de pronto me di cuenta de que estaba viviendo un momento que nunca creí que llegaría. Allí estábamos Doc y yo, caminando tomados de la mano en pleno centro de Lago Geneva. Lo miré con cara de curiosidad.

—¿Esta es tu sorpresa? Porque es maravillosa, de veras. ¿Ya podemos mostrarnos en público?

Doc me dijo que acababa de dejar a su hijo menor en la Universidad Vanderbilt.

—Ya todos volaron del nido. Se acabó el señor "mamá" —dijo—. Soy libre.

De repente Doc me tomó entre sus brazos y me besó delante de todo el mundo en Lago Geneva. Su beso tenía tanto amor que se me saltaron las lágrimas.

Me miró a los ojos.

—Me pregunto si alguien ha vivido alguna vez un romance como el nuestro, Samantha. ¿Sabes una cosa? Lo dudo.

—Eso es, en parte, lo que lo hace tan especial, supongo.

El sol cálido me caía en la cara, me rodeaba la frescura del aire, y mientras me mecía en los brazos de Doc, me sentí viva de un modo que nunca antes había experimentado. Era incluso mejor que nuestros fines de semana en Copper Harbor porque, por primera vez, éramos libres del todo. Yo *volaba*, Jennifer, pero de algún modo tenía aún los pies en la tierra cuando llegamos al parque Library.

Encontramos una banca vacía cerca del rompeolas. Vimos zarpar del muelle Riviera al *Lady of the Lake*, y Doc compró *hot dogs* y cervezas en el kiosco del parque. Nos quedamos hasta mucho después de la puesta de sol, mirando el desfile de barcos llenos de luces y el gran final con fuegos artificiales.

Y nos pasó algo increíble: sería ofensivo, si no fuese tan gracioso. Durante todo el día Doc y yo conversamos con personas conocidas, y nadie se dio cuenta de que estábamos radiantes de felicidad. Lo entendí, por supuesto. La gente no podía concebir que nosotros dos viviéramos un romance. Qué extraño y atrasado puede ser el mundo a veces. Tanta gente renuncia al amor, a pesar de que el amor es lo mejor que puede ocurrirles.

Miré a Doc y le dije cuánto lo amaba y que no podía imaginar una sorpresa más bella que esa. Me atrajo hacia sí.

—Prepárate, Samantha. Nuestro día no ha terminado aún.

75

El automóvil de Doc ronroneó alegremente mientras nos alejábamos del festival hacia las afueras de la ciudad. No se me ocurría qué podía ser. Al menos, no hasta que llegamos al estacionamiento del Observatorio Yerkes. Había un gran silencio, y lo único que podía oír era el chirrido de los grillos, y, quizás, el latir de mi corazón.

Doc tomó una manta escocesa del asiento trasero, e igual que años atrás, corrimos en puntas de pie a través del césped hacia el edificio principal. Un amigo suyo nos había dejado la llave en una grieta del muro, entre dos ladrillos. Subimos los tres tramos de las escaleras hasta la cúpula más grande e ingresamos en la oscuridad.

—¿Estás lista? —preguntó.

Sonreí, lista para lo que fuera.

—Desde hace años.

Encendió la linterna para encontrar la palanca y, al moverla, el piso se levantó hasta quedar a un metro y medio de la mira del telescopio. Luego, tras operar los manubrios y manivelas, la cúpula se abrió y dejó ver un amplio espacio de cielo despejado.

—Mira esto, Samantha. Sólo míralo. Es el Paraíso.

Lo único que pude decir en ese momento fue "ay, Dios mío", porque había quedado maravillada.

Doc estaba detrás de mí, con las manos sobre mis hombros, mientras mirábamos el cielo a través del lente refractor más grande del mundo. En realidad parecía que estábamos contemplando el Paraíso. El cielo estaba deslumbrante, para decir lo menos. Al principio no sabía hacia dónde dirigir la mirada, hasta que un globo rojo y moteado, del tamaño de una moneda de un dólar de plata, atrajo mi atención.

—Es Marte —dijo Doc.

Luego me contó que esa noche la Tierra y Marte estaban en oposición, esto es, que se habían alineado en sus órbitas de tal manera que la Tierra se encontraba entre Marte y el Sol. Me mostró capas de hielo polares, manchas oscuras llamadas limbos de niebla, y lo que parecía ser una tormenta de polvo que recorría la superficie del planeta bajo un cielo rosado y brumoso.

—La última vez que Marte estuvo tan cerca de la Tierra, los cavernícolas se congelaban en Nueva Guinea, con la esperanza de que alguien descubriera el fuego —dijo Doc.

Doc extendió la manta sobre el piso de madera y me llevó hasta ella. Nos sentamos juntos, hombro con hombro. Sabía que algo bueno iba a pasar, pero no tenía idea de qué pudiera ser.

—¿Qué? —pregunté en voz baja.

—Estaba esperando el momento propicio. Dijiste que te gustaban las sorpresas, Samantha.

76

—Soy un hombre afortunado, Samantha —dijo Doc, con la voz más suave—. Te encontré un poco tarde, pero te amo más que a nada en el mundo, y por fin estás en mis brazos. Eres, sin duda alguna, mi mejor amiga, mi alma gemela, mi confidente, mi amor, mi maravilloso amor. No soporto estar lejos de ti. No puedo creer que te encontré, o que me encontraste, en esa espantosa cena de la Cruz Roja. La verdad, no puedo, Samantha... y ahora, aquí estamos.

Aún no sabía adónde quería llegar, pero el corazón me empezó a latir de manera incontrolable. Desde que lo conocí, Doc siempre me había dicho, a veces en forma muy dulce, lo que sentía por mí: pero esa era una noche especial, más apasionada, emocionante y tierna... lo que, en mi opinión, era algo bueno. Entonces me mostró una cajita y la alumbró con la linterna.

—Ábrela —me pidió.

Lo hice y de pronto quedé deslumbrada. Adentro había un anillo con un zafiro rodeado de fabulosos diamantes pequeños. Me dejó sin aliento, y no por las razones que te imaginas. Años atrás —*una sola vez*— se lo había señalado en una tienda Tiffany de Chicago. Me había encantado en ese entonces, pero en el momento en que me lo dio los ojos se me llenaron de lágrimas. No podía creer que lo hubiera recordado y que me lo regalara.

Me lo puso en el dedo y luego dijo:

—Te quiero muchísimo, más que a la vida misma... ¿Te casarías conmigo, Samantha?

No sabes cuánto me sorprendí, Jennifer. El cielo y las estrellas rodeaban la cara de Doc. Me acerqué a él y lo abracé con fuerza. La verdad es que no esperaba nada parecido: ni siquiera me había atrevido a pensar que podría suceder.

Apenas me salían las palabras.

—Yo también *te* amo más que a la vida misma. Tuve tanta suerte al encontrarte… Por supuesto que me casaré contigo. Sería una tonta si no lo hiciera.

Y entonces repetí una y otra vez el verdadero nombre de Doc, y las estrellas nos observaron desde arriba; y el universo estaba en perfecta armonía.

Me quedé dormida después de leer la increíble carta de Sam. Pero ahora sí que tenía preguntas que hacerle cuando regresara a Lago Geneva. O quizá cuando volviera a llamarla desde la hostería. ¿Por qué no se había casado con Doc? ¿Cómo terminó la historia de ambos?

Desperté cuando alguien me sacudió el brazo con suavidad y me llamó por mi nombre. La luz matutina se filtraba por la ventana de la sala de espera. Adam Kolski daba vueltas a mi alrededor.

—Buenos días, Jennifer. Te hubiera buscado un lugar más cómodo para que durmieras.

—¿Cómo está Brendan? ¿Bien? —pregunté de inmediato.

—Durmió durante toda la noche, igual que tú. No te prometo nada, pero puede mover los dedos de los pies —me respondió el doctor—. Reconoce su propio nombre, y también el tuyo. De hecho, preguntó por ti.

Al oír eso, empecé a recuperar el ánimo.

—¿Puedo verlo?

—Claro que sí. Por eso venía a buscarte. Quiero que hables con Brendan. Tengo que ver si te reconoce. Ven conmigo.

Kolski, el "dios" en persona, abrió la puerta corrediza de la pequeña habitación de cuidados intensivos en la que se encontraba Brendan.

—Sólo cinco minutos —advirtió.

Al entrar muy despacio a la habitación, pude ver a

Brendan detrás del médico. Tenía un paño enrollado en la mano derecha. Se lo quité y le tomé la mano.

—Soy Jennifer —susurré—. ¿Ya estás listo para ir a nadar esta mañana?

No hubo ninguna respuesta de parte de Brendan, lo cual no me sorprendió, pero tampoco me tranquilizó respecto de su estado. No sabía qué clase de daño había sufrido durante la cirugía.

—Estoy aquí. Sólo quiero que lo sepas. Y *tú* también estás aquí.

Estaba balbuceando un poco, pero me daba igual; además, dudaba de que le importara a Brendan en lo más mínimo… Si al menos pudiese reconocer mi voz.

Fue entonces, mientras me encontraba al lado de la cama, cuando sucedió el milagro, o así me pareció. Brendan me apretó la mano, muy levemente, pero se me estremeció todo el cuerpo. Bajé la cabeza.

—Estoy aquí, Brendan. No trates de hablar. Yo lo haré por los dos. Estoy contigo, querido.

—¿Eres de verdad?

Levanté la cabeza de golpe y volví a mirarlo. Dios mío: *había hablado*.

—Estoy aquí —dije, con la voz entrecortada por la emoción. *Brendan había hablado*—. ¿Puedes sentir mi mano? Soy yo la que la está apretando.

—No puedo verte —susurró, con la voz ronca y áspera.

—Eso es porque tienes los ojos cerrados por la hinchazón.

Se quedó callado durante un rato largo, y creí que se había dormido de nuevo.

—No creí... que lo lograría —dijo Brendan, por fin.

Me di cuenta de que estaba haciendo grandes esfuerzos para no llorar, pero entonces las lágrimas empezaron a filtrarse, una a una, a través de sus párpados herméticamente cerrados.

—Vamos a estar bien —dijo.

De pronto me embargó una abrumadora sensación de humildad, pero también de amor por aquel hombre. Brendan *me estaba* tranquilizando *a mí*. Podía contar con él, incluso en ese momento, después de la difícil operación. Su voz parecía lejana, pero era la de Brendan, el hombre que yo amaba, sin ninguna duda. Y quería conversar.

—Estaba pensando... en ti, sentada en el muelle... cubriéndote los ojos del sol... mirándome... Conservé esa imagen.

Lo miré a la cara, amándolo tanto. Entonces, sucedió otro milagro. Abrió a duras penas los ojos. Y logró, después de mucho esfuerzo, esbozar una sonrisa torcida y semianestesiada.

Fue la mejor sonrisa que vi en mi vida.

—Te amo tanto —susurré—. Ay, Dios mío, cómo te amo.

—No me discutas, pero... yo te amo más.

Y entonces pude aceptar algo que me había parecido imposible: Brendan iba a vivir.

78

Durante las semanas que siguieron la vida me pareció mil veces más hermosa y significativa. Me convertí en asidua visitante de la clínica Mayo y del Centro Médico Lakeland de Lago Geneva. Lo único que me faltaba era ponerme el uniforme de voluntaria.

La recuperación de Brendan fue larga y angustiante, pero cada día se sentía mejor. Era el favorito de su terapeuta, en parte porque todos los días usaba un sombrero ridículo distinto, en parte porque pasaron tres semanas antes de hacerles saber, a él y a los demás, que era un médico importante, y sobre todo porque tenía modales encantadores.

Una lluviosa mañana de octubre nos llamaron al consultorio de Adam Kolski, en el edificio St. Mary. El "dios" nos mostró algunas placas y de pronto le dijo a Brendan que podía irse a su casa. Ya estaba casi curado.

—Tú también puedes irte, Jennifer —dijo Kolski, con una de sus raras sonrisas.

Al día siguiente Brendan y yo iniciamos el viaje de regreso a Lago Geneva. En la ruta a Wisconsin, estaba loca de alegría e incluso un poco nerviosa. Íbamos a ver a Sam. Estaba de vuelta en casa, y había algo más: cuando la llamé para contarle la noticia acerca de Brendan, me dijo que quería que conociéramos a Doc.

Nunca me gustaron los primeros días de octubre, porque en esa época del año el sol se oculta en el horizonte un poco más temprano cada día. Pero ese octubre en particular me sentía muy contenta. Tenía buenas razones para alegrarme... por Brendan y Sam; además, iba a conocer a Doc.

Y de pronto allí estaba la casa de Sam, frente a nosotros. Vi la vieja camioneta de Henry estacionada frente al jardín. Mmm...

Brendan bajó del Jaguar y aspiró profundamente la brisa del lago. Llamé a gritos:

—¡Sam, llegamos! ¡Tienes visita!

Enseguida Brendan soltó uno de sus famosos gritos de guerra: no fue como los acostumbrados, pero sí tan ruidoso como para espantar a algunos pájaros azules de las ramas salientes de los árboles.

—¿Una carrera hasta el lago? —propuso, y sonrió. Sabía que aún estaba un poco débil, pero se lo veía bien, y su famosa sonrisa era la de siempre.

Como Sam no me respondía, fui a buscarla dentro de la casa. Grité su nombre en cada habitación, levantando la voz mientras mis pasos resonaban sobre los pisos de madera dura. Me asustaba con facilidad en esos días. Quizá porque habían ocurrido cosas demasiado horribles, o tal vez porque últimamente todo estaba saliendo demasiado bien.

—Jenny —oí que me llamaba Brendan desde el porche—. Aquí está. Sam está en el lago.

Casi con alegría infantil, mientras se me salía el corazón por la boca, bajé rápido las escaleras y salí corriendo por la parte de atrás de la casa. Sam había puesto sillas bajo el árbol... y no estaba sola.

Un hombre estaba sentado a su lado entre las sombras. Tenía puesta una gorra amarilla con la inicial V, de

Vanderbilt, con toda probabilidad, lo que, de pronto, me pareció absolutamente lógico.

—Doc —dije en voz baja—. ¡Cómo no me di cuenta antes!

Bajé tan rápido como pude la pequeña loma del jardín, y me lancé en los brazos abiertos de Sam. Era estupendo estar de nuevo en ese lugar. Unos segundos después Sam se acercó a Brendan y le dio un fuerte y largo abrazo. Como si hubieran sido íntimos amigos de toda la vida.

Luego nos presentó al amor de su vida:

—Quiero que conozcas a Doc —me dijo, y se volvió hacia Brendan—. Este es el reverendo John Farley. De hecho, es doctor, pero en filosofía, del Colegio Vanderbilt de Teología. Todo está saliendo de maravilla, Jennifer. A veces, así es la vida.

Dios mío, el reverendo John Farley era Doc, y ambos hacían una pareja muy bella. Me encantaba verlos juntos. Sentí una gran alegría.

Los cuatro nos sentamos bajo la sombra de un viejo arce.

—¡Genial! —dije, y no podía dejar de sonreír al ver cómo Sam y Doc, John, intercambiaban miradas y caricias.

Abracé a Brendan, y me susurró al oído:

—De acuerdo… ¡*Genial*!

Todo *estaba saliendo* de maravilla, tenía que admitirlo. Un rato después lo cuatro nos fuimos en desorden a la cocina de Sam. Doc peló las papas en tirabuzones perfectos e increíblemente delgados, sin romperlos. Brendan se pasó la mitad del tiempo desenvainando arvejitas, y la otra, comiéndoselas. Mientras tanto, yo llenaba de harina todo el lugar.

Hasta que por fin Sam dijo:

—Fuera de aquí. ¡Dejen la cocina a los expertos!

Nos reímos y llevamos la fiesta al comedor. Cuarenta minutos después ayudamos a Sam a poner la mesa. Carne asada, batatas, cebollas y arvejitas, y bizcochos caseros.

Durante la cena le hice a John la pregunta que durante tanto tiempo había querido hacerle.

—Le pediste a Sam que se casara contigo. Y tú, Sam, dijiste que serías una tonta si no lo hacías —miré la cara de Sam y enseguida la de él—. ¿Qué pasó?

Sam miró a Doc.

—Bueno, primero la convencí y luego la desanimé —respondió John.

Sam se rió.

—John sólo sacó a relucir una serie de temas importantes. Como el hecho irrebatible de que algunos chismosos del pueblo empezarían a hacer preguntas, a opinar y a *juzgarnos*. Harían chistes sobre nosotros, dirían que somos como los personajes de Colleen McCullough, en *El pájaro canta hasta morir*... Eso no me hubiese gustado en absoluto, me parece. Estamos demasiado acostumbrados a nuestra privacidad. Además, tal vez hubiese sido perjudicial para la congregación religiosa de John. Pero entonces se le ocurrió una idea sensacional.

John inclinó la cabeza hacia Sam.

—Le dije: "¿Y si no se lo contamos a nadie? ¿Por qué no guardamos el secreto de nuestro amor entre los dos?". Hablamos del tema, y al final decidimos hacer eso, justamente. Por otra parte, todo lo que vivimos siempre fue diferente.

Sam le tomó la mano y la estrechó entre las suyas.

—Doc y yo nos casamos un domingo de agosto hace dos años, en Copper Harbor, Michigan. Nadie lo sabe, sólo ustedes dos.

Chocamos las copas alrededor de la mesa.

—¡Por Samantha y Doc! —dijimos Brendan y yo.

—¡Por Brendan y Jennifer! —respondieron ellos.

Sam me dio un fuerte abrazo, y también Doc. Ambos abrazaron a Brendan. Luego nos contamos anécdotas durante un par de horas. Nos quedamos mirando la oscuridad mientras cubría el lago, y Doc nos habló de las estrellas; dudo mucho que Stephen Hawking lo hubiera hecho mejor. Me sentía tan feliz: recuerdo cada detalle de esa noche en Lago Geneva. Nunca la olvidaré.

Porque, apenas tres semanas después, pasó algo terrible.

Como Sam solía decir: *Así es la vida a veces.*

A principios de noviembre estaba sentada en el viejo sofá de terciopelo azul en el living de Sam. Brendan me sostenía una mano, y Doc la otra.

—Todo va a salir bien —me decía Doc, mientras se tocaba el pecho con una mano temblorosa—. Siempre vivirá dentro de nosotros. Sam descansa en paz.

Cada dos o tres minutos se oía el ruido de un paraguas golpeando contra el piso del porche, la puerta chirriaba y entraba otro amigo de Sam seguido de una húmeda ráfaga de aire. Muy pronto, la casa se llenó de gente de Lago Geneva, Chicago e incluso de Copper Harbor, todos aturdidos de encontrarse en esa situación inconcebible e inesperada.

A donde miraba podía ver indicios de Sam.

En los ojos celestes de mi primo Bobby, en las innumerables fotos familiares colgadas en la pared, en el rostro bañado en lágrimas de mi tía Val mientras observaba, a través de la ventana, la superficie ondulante del lago azotada por las gotas de lluvia. Era tan triste, e incluso impensable, el hecho de que la persona que había reunido a tanta gente en vida no estuviera ahí con nosotros.

Por fin, Doc se inclinó hacia mí y me dijo:

—Si estás lista, creo que debemos empezar. A Samantha no le hubiera gustado hacer esperar a todo el mundo. Y nosotros tampoco deberíamos de hacerlo.

Cuando Doc empezó a hablar de la Samantha que él había conocido —con cuidado de no revelar su extraordinario secreto— apoyé la mejilla en el hombro de Brendan. Doc mostró mucho coraje, y fue más elocuente y conmovedor de lo que nadie hubiera imaginado. Entretanto, ante mis ojos pasaron las muertes de otras personas a quienes había querido: el abuelo Charles, mi madre, Danny... Brendan me abrazaba con dulzura mientras yo escuchaba lo que Doc y otros amigos de Sam decían: cada uno contó una historia entrañable o un recuerdo de mi abuela.

Después, se hizo un breve silencio, y Brendan me susurró:

—Es tu turno, Jenny.

81

No me gusta hablar en público ni llamar la atención, pero me pareció que tenía que decir algo. Se trataba de mi abuela, de mi Sam. Me dio la impresión de que iba a desmayarme mientras caminaba hacia el frente de la habitación.

Me paré, de espaldas al lago, a la izquierda de mi foto favorita en blanco y negro de Sam. Miré a los ojos tristes pero atentos de los amigos de mi abuela. Brendan me animó con una sonrisa. Doc me guiñó un ojo, y de pronto me invadió una enorme calma.

Esto fue lo que dije:

—Por favor, les ruego que sean indulgentes conmigo. No soy buena oradora, pero hay algunas cosas que quisiera decirles. Cuando era niña solía pasar mis maravillosas vacaciones de verano en esta casa, con mi abuela Sam.

Tuve que contenerme la primera vez que pronuncié su nombre. Pero ya no me importaba llorar, y seguí adelante.

—Desde el comienzo, fuimos íntimas amigas. Congeniamos al instante: compartíamos el mismo modo de ser y de ver el mundo, nos alegraban y nos hacían llorar las mismas cosas. La quería más que a nadie, y la admiraba mucho.

"Siempre le contaba mis pensamientos más íntimos cuando nos íbamos a dormir: Sam se sentaba a mi lado y me acariciaba la mano en la oscuridad. Algunos niños le temen a la oscuridad, pero a mí me encantaba, al menos cuando estaba con Sam.

"En este momento vuelvo a sentir lo mismo. No puedo verla, pero sé que está a mi lado.

"No hace mucho me convertí en una persona retraída, porque creo, bueno, que no podía soportar el dolor de vivir con plenitud. Fue Sam la que me hizo salir de mi aislamiento y me ayudó a alejar las penas. Fue ella quien me enseñó el modo de encontrar nuevamente el amor. Me llevó hasta Brendan, a quien quiero con toda el alma.

"Pero hay un secreto que no pude compartir con ella, así que quisiera contárselo ahora. Sam, querida... Samantha... Tengo que darte una noticia maravillosa. Brendan y yo vamos a tener un hijo. Tu primer bisnieto."

Entonces me puse a llorar, pero no me di cuenta de que sonreía al mismo tiempo. Miré a Doc, que estaba radiante de felicidad. También Brendan lo estaba.

—¿No pueden ver en este momento, todos ustedes, el rostro de Sam? ¿El modo en que se ilumina, la manera en que *escucha*, como si cada uno fuera la persona más importante del mundo?

"Me cuesta mucho aceptar ahora que no verá nunca a nuestro bebé, que no podrá encontrar, de alguna manera, la forma de hacerlo.

"Pero también me pregunto si él o ella heredará los hermosos rizos de Sam. O sus brillantes ojos azules, o su capacidad asombrosa para amar a tanta gente, tener tan buenos amigos. Pero puedo *asegurarles* una cosa: nuestro hijo sabrá todo acerca de su bisabuela, lo extraordinaria que fue. Le contaré cada una de las historias de Sam, y conozco muchas. Yo sé muy bien cómo era mi abuela, y eso es un tesoro inestimable.

"Y, ya sea niño o niña, se llamará *Sam*."

82

Toda la tarde, los amigos y familiares de Sam contaron anécdotas sobre ella: algunos íntimos amigos, y algunos no tan íntimos, se quedaron hasta altas horas de la noche; y cada historia parecía mejor que la anterior. Por supuesto, yo sabía más historias que los demás. Tenía las cartas de Sam. Pero no podía contarle a nadie gran parte de lo que sabía: era un secreto entre Doc, Brendan y yo.

El tío de Brendan se me acercó antes de irse. Se inclinó y me besó en la mejilla.

—Quería esperar hasta que se fuera un poco de gente —me dijo—. Estuviste maravillosa, Jennifer. Me gustó mucho lo que dijiste acerca de tu abuela. Sam hubiera querido que tuvieras esto. Lo he estado guardando en mi estudio jurídico.

Tomé el sobre blanco de papel de lino de las manos de Shep. ¿Acaso era una más de sus cartas? ¿Qué tenía que decirme ahora? ¿Había otro oscuro secreto?

Lo abrí, saqué una hoja de papel —era sólo una— y empecé a leer.

Querida Jennifer,

Supongo que esta es nuestra última conversación: no te atrevas a ponerte triste ahora. No fue nunca nuestro estilo. Cuando tu abuelo y yo compramos la casa del lago hace 50 años, era sólo una vivienda precaria sobre suelo de piedra, pero tenía la mejor vista al lago. Tengo tan buenos recuerdos de este lugar y tú también. Aún puedo ver a tu mamá y a ti acurrucadas en el sofá frente al fuego, mientras yo cocinaba la cena. Valerie dio a luz a Bobby en el piso de arriba, en la habitación del lado este, y tanto tú como tu primo dejaron marcas imborrables de patines en el piso de la cocina (por supuesto, *siempre supe* que ustedes las habían hecho). Me acuerdo de todos los veranos que pasamos en el porche, pero, sobre todo, recuerdo los momentos que pasé contigo, Jennifer. Tú siempre fuiste "mi preferida".

Mientras escribo, miro el lago a lo lejos. No falta mucho para el invierno; las ramas de los árboles brillarán, cubiertas de hielo, y la nieve caerá sobre la superficie del lago como un fino velo. Tengo muchas ganas de verlo.

Pero también espero con ansias la primavera. Los muelles recién pintados volverán al lago, el jardín se quitará de encima la nieve, y las plantas perennes florecerán de nuevo. Y ahora que lo pienso, las perennes no deberían llamarse así. *Longevas* sería más adecuado, porque las perennes no viven para siempre. Ni siquiera las más descaradas como yo. Por eso es que desde hoy empiezo a hacerme cargo del futuro.

Por supuesto, a todas las personas queridas les dejaré algo, pero tengo un regalo especial para ti. En realidad, está *dentro* del sobre, junto con esta carta. Úsalo con prudencia... sé que lo harás.

Mi corazón rebosa de felicidad, Jennifer, porque viví una vida plena. Y eso es maravilloso. Tengo a mi Doc, te tengo a ti, y tú tienes a Brendan. Me siento muy contenta. ¿Qué más se puede pedir en esta vida?

Recibe todo mi amor, y recuerda: "Eres mi mejor amiga, mi 'preferida'".

Sam

Dentro del sobre se movió un pequeño objeto, y el sobre se me deslizó de la mano. Cuando me agaché a recogerlo, cayó al suelo una llave de bronce que tenía, atada con una cinta roja y deshilachada, una etiqueta redonda de cartulina.

La levanté y miré la etiqueta.

A un lado decía, con la letra de Sam: *Número 23 de Knollwood Road: la casa es tuya, Jennifer.*

Al otro lado había una frase corta. Leí lo que me había escrito. Fueron las últimas palabras de Sam para mí:

El amor nunca muere.

Epílogo

Fotos para Sam

83

Brendan y yo estamos sentados en el sofá delante de una cámara de video, lista para grabar nuestra primera película casera.

Nos encontramos en nuestro departamento nuevo en Chicago, con vista al lago Michigan, y estamos muy emocionados. Es un momento importante en nuestras vidas, uno de esos momentos "inolvidables". O al menos eso es lo que pensamos.

—¿Lista? Bien, la voy a encender —dice Brendan mientras da un salto y prende la cámara de video. En estos últimos días (de remisión) se lo ve lleno de vida, igual que todos nosotros, ¿verdad?—. Tú primero, Jenny —continúa—. Siempre tuviste facilidad para las palabras.

—Hola, Samantha —digo, sonriendo como una tonta y saludando con la mano hacia la cámara—. Soy tu mami cuando tenía 35 años y no le importaba decir su edad.

Brendan se reclina a mi lado.

—Y yo soy tu papi, orgulloso y feliz desde hace catorce días y más o menos once horas.

—Te queremos mucho, mucho, mucho, querida; y, una o dos veces, cada año…

—Quizá más de una o dos veces —sigue Brendan—. Verás: tu mamá y tu papá somos actores frustrados. Y como resulta obvio, también un par de charlatanes.

—Vamos a filmarnos y a tratar de darte una idea de quiénes somos, cómo somos, qué pensamos y, por supuesto, cuánto te queremos —digo yo.

Miro a Brendan y él continúa la conversación, que hemos ensayado un poco.

—Así que cuando seas vieja y te sientas enferma, como nosotros (o como yo, al menos), podrás ver estos videos y sabrás cómo éramos.

—Y lo *tontos* que éramos... Pero también para que sepas cuánto, cuánto valoramos que seas nuestra hija. En este momento, estás durmiendo y eres una gran, pero una gran dormilona.

Brendan empieza a aplaudir y deja que Sam vea su sonrisa de estrella de cine.

—¡Hurra! ¡Muy bien, Samantha! ¡Sigue así! Bien hecho, querida. ¡Qué manera de dormir!

—Tienes los ojos azules más hermosos del mundo, Samantha —digo— y una sonrisa impresionante, como tu padre... y nunca, nunca ninguno de los dos dejará de admirarte y de quererte.

—También eres más calva que una bola de billar, pero tu mamá te viste de rosa para que sepamos que eres una niña —bromea Brendan, con ternura, como suele hacer.

—Te cuento una cosa interesante. Cuando naciste, en el momento en que llegaste al mundo, empezaste a mirar a todos lados, como un pajarito que por primera vez saca la cabecita fuera del nido. Me miraste de arriba abajo, con atención; luego miraste a tu papá de arriba abajo, y después nos sonreíste, divinamente, a los dos. Se supone, según el médico de cabecera, que es imposible que en esos primeros segundos hayas podido mirarnos o sonreírnos, pero nosotros sabemos que ese doctor se equivoca.

—Yo soy el médico de la casa y sé que se equivoca

—dice Brendan—. ¿Ya te dije que eres más calva que una bola de billar?

—Sí, lo dijiste —intervine—. Ahora, te contaré desde el comienzo esta fascinante historia, cómo empezó todo, Samantha. Déjame que te cuente cómo recibiste tu nombre. Es un nombre bellísimo, y la historia es aun más bella. Y tú, Sam, eres su final feliz.

Y en ese momento me quedo callada por un instante, y, aunque no lo digo, pienso: *El amor nunca muere, Sam.*

Impreso en Verlap S.A.
Comandante Spurr 653, Avellaneda,
Provincia de Buenos Aires,
en el mes de febrero de 2005.